U0079377

你肯定會
—用到的—
500句話

國家圖書館出版品預行編目資料

你肯定會用到的500句話 / 張瑜凌編著
-- 二版 -- 新北市：雅典文化，民109.10
面；　公分. -- (全民學英文；58)
ISBN 978-986-98710-9-9(平裝附光碟片)

1. 英語　　2. 句法

805.169　　　　　　　　　　　　　109012122

全民學英文系列　58

你肯定會用到的500句話

編著／張瑜凌
責任編輯／張文娟
美術編輯／鄭孝儀
封面設計／林鈺恆

法律顧問：方圓法律事務所／涂成樞律師

總經銷：永續圖書有限公司
永續圖書線上購物網
www.foreverbooks.com.tw

出版日／2020年10月

雅典文化

出
版
社

22103　新北市汐止區大同路三段194號9樓之1
TEL　(02) 8647-3663
FAX　(02) 8647-3660

【編者序】

▶ 別讓英文教科書壞了你的大事！

　　如果你以為要學好英語一定要從背單字、念文法開始，那麼你就真的中了英文教科書制式學習法的蠱毒了。

　　當「具備英文聽說讀寫」的要求已經成為職場競爭必備的條件時，難道要重拾課本痛苦地再念ABC嗎？不，你有權拒絕，大聲說：No way!

　　目前崇尚無壓力、最有效率的自然教學英語已經徹底顛覆並改進傳統英語學習法。英語學習必須利用深入情境的方式才能將語言生活化，如何才能將「語言生活化」呢？到美國生活一段時間後，英語的聽說讀寫能力自然會大增，但是不是人人都有到美國的機會，那麼又該怎麼辦呢？不用擔心，「你肯定會用到的 500 句話」能夠解決你所有的英語學習問題！

　　根據一份學習報告顯示，美國人平常說話大約只會使用到1000～1500個名詞，許多人便錯誤地以為只要背幾個單字就會說英語了，事實上，

要將這些用語拼湊成美語人所說的句子才是學習
英語的訣竅。

如果非得要到美國生活才能說得一口道地的
英文，那麼你就需要知道真正的美國人平常都說
了哪些話、用了哪些名詞。

本書彙整了最完整的英文，從一般日常生活
常用語句、正式場合的禮貌性用語、寒暄、非正
式場合使用的語句，到一些課本不會教的句子都
收錄在本書中，讓你真正作到「不必出國也能學
好英文」！

序言

目
錄

目
錄

目

錄

目

錄

- **It won't keep you long.** 199
  不會耽誤你太多時間。

- **Just a thought.** 200
  只是一個想法。

- **Keep in touch.** 201
  保持聯絡。

- **Keeping busy?** 202
  在忙嗎？

- **Ladies and gentlemen, ...** 203
  各位先生、各位女士，…

- **laugh at someone** 204
  嘲笑某人

- **Let me see.** 205
  讓我想想。

- **Let's call it a day.** 206
  今天就到此為止吧。

- **Let's get it straight.** 207
  我們坦白說吧！

- **Let's go.** 208
  我們走吧！

- **Let's go Dutch.** 209
  各付各的！

目
錄

- **My pleasure.**　　　　　*221*
  我的榮幸。

- **Never better.**　　　　　*222*
  再好不過。

- **Never mind.**　　　　　*223*
  不要在意。

- **Nice to meet you.**　　　　　*224*
  很高興認識你。

- **No comment.**　　　　　*225*
  無可奉告。

- **No kidding?**　　　　　*226*
  不是開玩笑的吧？

- **No problem.**　　　　　*227*
  沒問題。

- **No way.**　　　　　*228*
  想都別想。

- **Not bad.**　　　　　*229*
  還不錯！

- **Not so good.**　　　　　*230*
  沒有那麼好。

- **Nothing is happening.**　　　　　*231*
  沒事！

目
錄

- **See?** 243
  看吧！

- **See you.** 244
  再見。

- **See you next timc.** 245
  下次見。

- **Shame on you!** 246
  你真丟臉！

- **show up** 247
  沒有出現

- **Show us.** 248
  秀給我們看。

- **So?** 249
  所以呢？

- **Slow down.** 250
  慢一點。

- **So far all I know, ...** 251
  目前就我所知，…

- **So far so good.** 252
  目前為止還可以。

- **So-so.** 253
  馬馬虎虎。

目

錄

- **You have my word.** 310
  我向你保證。

- **You must be kidding.** 311
  你是在開玩笑吧！

- **You tell me.** 312
  你告訴我。

- **You scared me!** 313
  你嚇到我了。

- **You will be sorry.** 314
  你會後悔的。

- **You won't forget it.** 315
  你會忘不了！

常用指數 ★★★   MP3 001

Absolutely not.

絕對不可以。

說明　"Absolutely" 是「絕對」的意思，而老美經常使用 "Absolutely not" 的否定用語，通常放在句首使用，是強調立場堅定的否定回答。

類似　Of course not. 當然不可以。

例句　A：Mom, can I go swimming with Tom?
　　　A：媽，我可以和湯姆去游泳嗎？

　　　B：Absolutely not.
　　　B：絕對不可以！

例句　A：Should I give him another chance?
　　　A：我應該給他另一次機會嗎？

　　　B：Absolutely not. Don't you remember what he did to you?
　　　B：絕對不可以。你不記得他怎麼對待你了嗎？

常用指數 ★★★

according to...
根據…

說明 當你的言論是有憑有據時，就可以說 "according to..."，不管消息來源是具體的書面資料或是人云亦云般抽象的根據，都可以這麼表示，藉此強化言論的可信度。

例句 According to the studies, this environment is getting worse.
根據這份報告，環境是越來越糟了。

According to what he said, I am sure he will be late.
根據他說的話，我確定他會遲到。

People have the obligation to pay taxes according to the law.
根據法律，人們有繳稅的義務。

常用指數 ★★★★　　　　　　MP3 002

After you.
您先請。

說明 這是一句非常有禮貌的用語，是請他人先通過的客套話，老美是個尊重女性的民族，所以常常可以看見在電梯口男士請女士先進入的情形，這時他們就是說："After you"。通常 "After you" 是接在 "You first" 之後使用。不管是男士對女性或業務對客戶，只要這麼說，對方可能會對你有好印象喔。

類似 You first. 你先請。

例句 (在電梯口，A 為女性)

A：Good morning, Mr. Lee.

A：早安，李先生。

B：Good morning, Tracy. You first.

B：早安，崔西。您先請進。

A：After you.

A：您先請。

常用指數 ★★★★★

Again?

又發生了？

說明 只要一個簡單的字就可以表達個人的想法，像是 "again" 是「再一次」的意思，表示「事情又再一次發生了嗎？」的疑問句。

例如我常常聽見大兒子說他在學校被同學欺負，所以那天他回到家又是一身爛泥巴時，我就訝異地問他："Again?" 表示我們之間已有默契，不用他說，我就已經猜到三分了，而我的意思是「你又被欺負了？」

例句 A：What happened to you?

A：你怎麼了？

B：It's James. He pushed me.

B：是詹姆斯。他推我。

A：Again?

A：又發生這事了？

常用指數 ★★★★★　　　MP3 003

And you?

你呢？

說明 老美說話的時候不喜歡咬文嚼字，他們經常捨棄冗長的句子而用簡單的句子來表達意思，像是 "And you?" 就是一個例子，是詢問對方的意見。

通常是在雙方做過討論而也已經有人提出建議後，再次詢問對方意見、狀況或建議等問題時使用，也是一個簡單用字即可表達的語句。

類似 How about you? 你呢？

例句 (在餐廳點餐)

A：I would like a cup of black tea.
A：我要點一杯紅茶。

B：OK. A cup of black tea. And you, sir?
B：好的，一杯紅茶。先生，那您呢？

C：I will order the lotus tea.
C：我要點蓮花茶。

常用指數 ★★★

Any discount?
有沒有折扣？

說明 購物 (shopping) 時是不是都會希望店員能給個折扣？這種詢問「有無折扣」的英文就是 "Any discount?"。

"discount" 就是「折扣」的意思，前面已經提過，老美說話傾向用簡單的句子來表達，所以沒有主詞、動詞等惱人的文法，只要說 "Any discount?" 店員就知道你在詢問「是否能給個折扣嗎？」的意思。

例句 (在商店購物)

A : This one is perfect to me. I'll take it.
A : 這個對我來說很棒。我要買這件。

B : It's one thousand dollars.
B : 這件要一千元。

A : Any discount?
A : 有沒有折扣？

常用指數 ★★★★★　　　MP3 004

Anyone else?

有沒有其他？

說明　"Anyone else?" 意思是「還有沒有其他的~」，此時的anyone可解釋作人、物或抽象的名詞，例如可以解釋做「有沒有其他人」、「有沒有其他東西」、「有沒有其他選擇」等。

例如老美上課時都喜歡和老師互動，所以常常會提出許多的問題，而教授一次解答完所有同學的問題後，一定會再問一句 "Anyone else?"，表示「還有沒有人有問題要問？」的意思。

類似　Anything else? 還有其他事(或東西)嗎？

例句　A：May I have another piece of apple pie?
A：我可以再來一片蘋果派嗎？

B：Sure. Anyone else?
B：好的。還有其他人(要)嗎？

常用指數 ★★★★

any other...

還有沒有其他…

說明 "other" 表示「其餘的」, "any other~" 則是適用在你先前已經有了某一種選擇, 你現在還想知道是否有其他不同的選擇的 問句。

例如你先前試穿了一件紅色毛衣,現在你 想要看看其他的顏色時,就可以利用 "any other＋名詞" 的方式問: "Do you have any other color?" (你還有沒有其他顏色?)

例句 (購衣時)

A: What do you think of it?

A: 你覺得這個如何?

B: Well, any other sizes? Because it's too loose.

B: 這個嘛!有沒有其他尺寸?因為這太鬆 了。

常用指數 ★★★★★　　　　　MP3 005

Any problem?
有沒有問題？

說明
這是一種非常簡單的問句，意思是詢問對方「有沒有問題？」。
例如老公叫兒子將自己的房間整理乾淨時，兒子就一付老大不爽的模樣，老公就可以問："Any problem?"，意思是「有什麼問題嗎？你好像不願意去做？」

類似
Any questions? 有任何問題嗎？
Is that a problem? 有問題嗎？

例句
A：I think it's a good chance. Any problem?
A：我覺得這是一個好機會。有沒有問題？

B：Maybe, but I will try.
B：也許有，但我會試看看。

常用指數 ★★★★★

Anything you say.
就照你說的。

說明　　"Anything you say" 字面意思是「任何你所說的」，實際上是指依循對方提出的要求或建議去做，有時含有不情願的意思，特別是在強勢的一方提出要求後，被要求者只能「照辦、不得有異議」的情況下。例如每次我要求老公送我上班時，他總是心不甘情不願地說："Anything you say"（你說怎麼樣就怎麼樣）。

類似　 As you wish. 悉聽尊便！

例句 （母子間）

A：You should paint the fence tomorrow.
A：你明天應該要油漆圍籬。

B：Anything you say.
B：你說怎麼樣就怎麼樣。

常用指數 ★★★★★　　　MP3 006

all right
可以

說明 當對方關心你的近況如何時，如果你的狀況很好、不用對方擔心時，就可以說："I am all right"(我很好)。

"all right" 也有另一個意思，是表示「可以」、「好」等同意的意思。

例句 A：Are you all right?
A：你還好嗎？

B：I am all right.
B：我很好。

例句 A：Shall we?
A：我們可以走了嗎？

B：All right, let's go.
B：好啊，走吧。

例句 A：Is your father all right?
A：你的父親還好嗎？

B：He is recovering. Thank you for asking.
B：他正在復原中，謝謝你的關心。

常用指數 ★★★★

Are you seeing someone?

你是不是和別人在交往？

說明 又是一句男女交往的句子。當你暗戀一個女孩子又頻頻向她表白時，她卻總是對你不理不睬的，為了徹底瞭解她對你的感覺，建議你不妨直接問她："Are you seeing someone?"，這裡的 "seeing" 是約會、交往的意思，可別誤會以為是「你正在看某人」的意思。

例句
A：Sophia, are you seeing someone?
A：蘇菲亞，你是不是正和某人在交往？

B：Hey, it's none of your business.
B：嘿！少管閒事。

例句
A：Give me a chance to love you.
A：給我一個愛你的機會。

B：But I am seeing someone now.
B：但是我正和某人交往中。

常用指數 ★★★★★　　　　　MP3 007

Are you serious?
你是認真的嗎？

說明 詢問對方對於某一事的態度及觀念是否是嚴肅而認真的，通常會這麼問的人表示是帶有「不敢相信」、「此事當真」的疑問態度。

例如當我聽到同事寧願放棄高薪工作而選擇到非洲當義工 (volunteer) 時，我就不可思議地問他："Are you serious?"

類似 You can't be serious! 你不是認真的吧？

Are you sure? 你確定嗎？

例句 A：I am going to marry Jessica.

A：我要和潔西卡結婚。

B：I can't believe it. Are you serious about it?

B：真是不敢相信。你對這件事是認真的嗎？

常用指數 ★★★★★

As a matter of fact...
事實上，…

說明 這是對事實的辯白、解釋的用語，通常在之後會接著解釋你所謂的「事實」，是一種比較文雅而正式的說法。

類似 In fact... 事實上，…

The truth is that... 事實上，…

例句 A：You are no help at all.

A：你一點忙都沒幫上。

B：As a matter of fact, I didn't do anything.

B：事實上，我什麼事也沒做。

例句 A：You know, I really hate her mother.

A：你知道的，我真的很討厭她的母親。

B：As a matter of fact, I am her mother.

B：事實上，我是她的母親。

常用指數 ★★★★　　　　　　MP3 008

You ask for it.
你自找的！

說明 說明對方現在遭受的苦難或面對的困境、窘境等，都是自作自受怪不得別人。

例如我老是不厭其煩地提醒大兒子睡前一定要刷牙 (brush teeth)，他卻老是沖耳不聞，如今飽受蛀牙之苦，就是他 "ask for it"（自討苦吃）的後果。

例句 A：I can't believe that it happened to me.

A：不敢相信這件事發生在我身上。

B：You are asking for it.

B：是你自己找罪受。

A：You really think so?

A：你真的這麼認為？

例句 A：He is such a poor guy.

A：他真是個可憐的傢伙。

B：He is asking for it.

B：他是自討苦吃。

常用指數 ★★★★★

Attention, please.
請注意！

說明 適用於要求群眾注意聆聽的場合，通常表示發言者有重要的事要說明或宣佈。
例如會議(meeting)就要開始了，現場卻仍是吵鬧不休時，主席就可以說："Attention, please."

類似 Your attention, please. 請注意這裡！
May I have your attention? 請注意聽。

例句 Ladies and gentlemen, may I have your attention, please.
各位先生、女士，請注意聽我說。

例句 Attention, please. The winner is Jack!
請注意聽我說，優勝者是傑克。

例句 May I have your attention, please? Let's welcome Tom Cruse.
請注意我這裡，讓我們歡迎湯姆克魯斯。

常用指數 ★★★★★　　　　MP3 009

I'm confused.
我被弄混淆。

說明 當你對目前的狀況實在如同「丈二金剛摸不著頭緒」時，或是仍舊無法分清事情的真相時，就可以說 "I am so confused"（我很疑惑）。

此外，若是表示「事情令人混淆」時，則要說 "It's confusing"，要用 "confusing" 型態，而非 "confused"。

例句 A : They decided to get married next month.

A：他們打算下個月結婚。

B : Next month? I am confused. I thought it's next week.

B：下個月？我被搞迷糊了，我以為是下星期。

例句 A : You still didn't get it?

A：你還是沒弄懂？

B : No, I didn't. It's so confusing.

B：沒有，我不懂。事情還是很令人疑惑。

...be kind（of）...
某人是親切的

說明　"kind" 是「親切的」或「好心腸的」，當你覺得對方是個親切的人時就可以說："You are so kind"，或是接受別人幫助的時候也可以說："It's very kind of you"。

例如大兒子每次幫我照顧小兒子時，他就會非常期待我說："It's kind of you, Jason"(傑生，你真好心)。

"kind of"也是「有一點」的意思，表示「情況輕微」、「也算是…」。

例句　A：Look out! It's pretty dangerous.
　　　A：小心，很危險的。

B：Thank you. It's very kind of you.
B：謝謝你，你真是個好人。

例句　A：Are you still upset?
　　　A：你還在難過嗎？

B：Kind of.
B：還有一點（難過）。

常用指數 ★★★★★ 　　 MP3 010

...be proud of...
某人為…感到驕傲

說明　常常可以看見這樣的情節，作父母的為了子女擁有高成就而感到驕傲，此時他們最常說的一句話就是："I am proud of my son"(我為我兒子感到驕傲)。

例句　I am proud of you.
我為你感到驕傲。

We are proud of this achievement.
我們為這件成就感到驕傲。

You must be proud.
你一定很驕傲！

You must be proud of yourself.
你一定為自己感到驕傲。

You really make me proud.
你真的讓我感到驕傲。

常用指數 ★★★★★

...be scared
某人感到害怕

說明 某件事讓你覺得害怕不安時，你就可以說："I was so scared"（我好害怕）。例如我覺得一個人待在空蕩蕩的大房子裡就是一件讓人想到就會覺得害怕的事。

類似 be afraid of 害怕的、不敢的

例句
A：Surprise!
A：驚喜！

B：My God. I was scared!
B：我的天啊，我被嚇到了。

I am scared to do that.
我怕做那件事。

常用指數 ★★★★★　　　　MP3 011

...be tired of...
某人對…感到厭煩

說明　"tired" 是疲累的意思，"be tired of..."
就是當你對某事已經感到厭倦的意思。
例如我對於每天要催兒子起床上課這件
事，已經感到「很累」時，就可以對兒子
說："I am tired of waking you up every
morning"(我對於要每天叫你起床覺得厭
煩)，意思就是我不想再作這件事了。

類似　be sick of... 對…感到厭煩

例句　I am tired of it.
我對它感到很厭煩了。

例句　I am tired of being a good student.
我對當一個乖乖牌學生感到厭煩了。

We are tired of helping him.
我們對於要幫助他這件事感到厭煩了。

常用指數 ★★★★★

...be worried about...
某人為…感到擔心

說明 簡單的一句話卻表現出對某人(某事)的掛心或不放心，例如當男孩子告訴女孩："I am so worried about you"時，就會特別令人感到窩心 (sweet)。

例句

Why didn't you show up last night? I was so worried about you.
你昨天晚上為什麼沒有出現？我好擔心你。

I am so worried about my score.
我真的很擔心我的分數。

Here you are! Your mother is so worried about you.
你在這裡！你母親很擔心你。

常用指數 ★★★★★　　　　MP3 012

Behave yourself!
你規矩點！

說明　"behave" 除了「行為」、「舉止」之外，還有「守規矩」的意思，這是一種命令式的語句，是要求行為失控者能夠稍微節制些，通常也帶有一點責怪的意味。
例如小兒子每一次在幼兒學校 調皮搗蛋時，老師就會假裝生氣地對他說："James, behave yourself!"，兒子就會知道自己的行為應該要收斂。

類似　You had better behave. 你最好行為檢點些。

例句　A：Mom, Jack is trying to punch me again.
A：媽，傑克又要打我了。

B：Jack, behave yourself.
B：傑克，你規矩點。

常用指數 ★★★★★

Be patient.
要有耐心。

說明 這句話可不是「當成病人」的意思，在這裡 "patient" 不當成「病人」解釋，而是當作「耐心的」的意思。

"Be patient." 是安慰對方不要太急躁、要有耐心一點，例如老公就常常對還不會游泳的小兒子說這句話，希望他能夠更有耐心。

相關 be patient of... 對…能忍受
be patient with... 對…有耐心

例句 A：I just don't know how to ride a bike.

A：我就是不知道如何騎腳踏車。

B：Just be patient. You can make it.

B：只要有耐心。你辦得到的。

A：You really think so?

A：你真的這麼認為？

常用指數 ★★★★　　　　MP3 013

Be quiet.
安靜！

說明　"be quiet" 是一句命令語氣，要求對方或一群人能夠安靜下來，是美國人經常使用的語句，尤其是在一群鬧烘烘的環境當中特別適用。

說這句話時，可以順便提高音調，以加強要大家安靜下來的語氣。

類似　Shut up. 少囉嗦！別説話！

例句　Be quiet. You are too noisy.
安靜點，你們太吵了！

Would you please be quiet?
能請你們安靜下來嗎？

Hello, guys, be quiet.
嘿，各位，請安靜。

Be your age.
別孩子氣了。

說明 字面意思是「成為你的年紀」，意思就是要求對方「行為表現成熟些」，不要再像個耍賴的孩子般幼稚。

例如老公有的時候有求於我時，就會使出他那孩子氣的個性，我就會揶揄他："Be your age" 意思是「你的行為要和你的年齡一致」。

類似 Grow up. 成熟點吧！

例句 Stop crying. Be your age.
別哭了，不要孩子氣了。

Be your age. You are already 20 years old.
別孩子氣了，你已經 20 歲了。

常用指數 ★★★★　　　　MP3 014

Bill, please.

請買單。

說明　別以為「買單」要用 "buy" 的字眼，只要用 "bill"(帳單) 就可以簡單解決這看似惱人的句子了。 "bill" 是「帳單」的意思。

類似　Check, please. 請買單。

例句　(在餐廳)

A：Waiter, bill, please.

A：侍者，請結帳。

B：Would you please wait for a moment?

B：您能等一下嗎？

I want my bill, please.

我要結帳。

May I have the bill, please?

請給我帳單好嗎？

常用指數 ★★★★★

bother someone
打擾某人

說明 當半夜三點正在熟睡時，不識相的朋友為了點小事打電話來時，就是「打擾你」(bother you)，而說出 "bother someone" 的話通常表示：「我也不願意這麼做，但是我還是得打擾你」的意思。

例句 A：I am sorry to bother you. Got a minute to talk?

A：很抱歉打擾你。現在有空談一談嗎？

B：Sure. What's up?

B：當然，什麼事？

例句 A：Did I bother you?

A：我有打擾到你嗎？

B：No, not at all. Come on in.

B：不，一點都不會。進來吧！

你肯定會用到的 **500句話**

常用指數 ★★★★　　　　MP3 015

Boy!
天啊！

說明　這句話可不是在喊男生喔，而是類似中文裡的「我的天啊！」
當事情發生你預期不到的結果或意外時，就可以說："Boy!"
例如我到公司上班後才發現忘了將昨晚在家加班的企畫書帶來，此時若有同事湊近我，就會聽到我喃喃自語地說："Oh, boy"。

類似　My God. 我的天啊！
Man! 我的天啊！
For God sake. 天啊！

例句　A：Boy! He is so strong.
A：天啊！他真是強壯。

B：You really think so?
B：你真的這麼認為？

062

常用指數 ★★★★

buddy
老兄

說明 這是非常口語化的名稱，通常是稱呼男生比較適合，有一點類似中文的「伙伴」、「老兄」，所以可以稱呼好友叫 "buddy"，也可以叫同學 "buddy"，甚至你在路上有必要和陌生人打招呼或說話時，都可以稱對方："Hey, buddy"。

類似 man 老兄

pal 夥伴、好友

例句 A：Hey, buddy, what are you doing here?

A：嘿！老兄，你在這裡幹嘛？

B：I am waiting for you.

B：我正在等你。

A：Good job! Buddy.

A：老兄，幹得好。

B：Thanks!

B：謝謝！

常用指數 ★★★　　　　　　MP3 016

call an ambulance

打電話叫救護車

說明 當你發現有人昏倒時，就必須馬上「打電話叫救護車」，英文就叫做 "call an ambulance"，在這裡要記住，台灣要叫救護車是打 119，在美國則是打 911 的緊急電話即可。

類似 Could you send me a doctor?

能為我叫個醫生嗎？

例句 （在發生車禍的現場）

A：Do you want me to call an ambulance?

A：需要我打電話叫救護車嗎？

B：Yes, please do it for me.

B：好的，請為我這麼做。

We need to call an ambulance right now.

我們現在要立刻叫救護車。

Call me sometime.

偶爾打電話給我。

說明 在沒有e-mail之前，感情的維繫是必須仰賴電話的，朋友間得多多保持聯絡才能維繫彼此間的友情，當你和朋友道別時，就可以說 "call me sometime" ，意思是希望對方有機會的話，能多多利用電話連絡，以維繫感情。

類似 Give me a call if you have a chance. 有機會的話打電話給我。

Give me a ring sometime. 有空打電話給我。

例句 （道別時）

A：Call me sometime.

A：偶爾打個電話給我。

B：I will.

B：我會的。

常用指數 ★★★★　　　　　MP3 017

Calm down.

冷靜下來。

說明 "calm down" 是一句常見的動詞片語。
"calm" 是「冷靜下來」的意思，當人在
發怒時，這是一句勸對方冷靜下來好好想
一想的用語，能夠有效安撫、鎮定人心。

類似 Cool down. 冷靜一下。

例句 A：I am so angry about it.
A：我對這件事很生氣。

B：Calm down, pal. Don't lose your mind.
B：夥伴，冷靜下來，別喪失理智。

You need to calm down.
你必須要冷靜下來。

常用指數 ★★★★★

Can I get you alone?
我能不能跟你單獨相處一會？

說明	意指想要「單獨地」和對方談話前禮貌性問句，或是希望佔用對方一點時間，讓自己能和對方談一談的意思。

類似	Can I get you a second? 我可以佔用你一點時間（談一談）嗎？
	Got a minute? 有空（聊一聊）嗎？

例句	A：What is the matter with you?
	A：你發生了什麼事？

	B：Can I get you alone?
	B：我能不能跟你單獨相處一會？

	A：Of course. What's up?
	A：好啊！什麼事？

常用指數 ★★★★★　　　MP3 018

Can I talk to you?

我能和您談一談嗎？

說明　希望能和對方私底下談話的要求有許多
種，"Can I talk to you"是最直接的問句。
例如當你急著找老闆討論工作，可是老闆
似乎非常忙時，你就可以趁空檔問他：
" Can I talk to you for a minute?" ，表示
「我只要花幾分鐘，要和你談一談重要的
事」，通常只要提出這個請求，對方是不
會拒絕的。

類似　Got a minute? 有沒有一點時間 (談幾句
話)？

例句　（在辦公室裡）

A：Can I talk to you for a minute, Mr.
White?

A：懷特先生，我能和你談一談嗎？

B：Sure. Have a seat.

B：當然好，坐吧！

change the subject
換話題

說明 對目前大家所談論的話題沒有興趣或感到難堪時,建議大家「換個話題」不要再談論相關的事情時使用。

例如不久前一群朋友正在討論未婚媽媽的議題時,其中一個朋友剛好就是未婚媽媽,她就非常直接地告訴大家: "Why don't we change the subject?" (為何不換個話題?)

例句 (聊天時)

A:I was wondering why you still love that guy.

A:我真不知道你為何還是愛那傢伙?

B:Let's change the subject. I really don't want to talk about it right now.

B:我們換個話題吧!我現在真的不想討論這件事。

常用指數 ★★★★★　　　MP3 019

check in
登記

說明 不管是飯店「登記住宿」或登機前的「登記」，用法其實都是一樣的，因為一定要作的一個動作就是「辦理登記手續」，這裡的「登記住宿」就叫做 "check in"。

相關 check out 退房

例句 (飯店櫃檯)

A：May I help you, sir?

A：先生，需要我協助嗎？

B：I would like to check in.

B：我要辦理住房登記手續。

A：OK. What's your name, please?

A：好。請問您的名字是？

Check in, please.

我要登記住宿。

常用指數 ★★★★

Cheer up.

高興點！

說明　"cheer up" 是老美經常用來鼓勵人的話，就是要對方高興一點，不要再沮喪或一蹶不振。

例如大兒子的球隊輸了比賽後，教練仍是信心滿滿地要大家振作點時，就會鼓勵大家說："Cheer up. It's not the end of the world."（高興點！又不是世界末日。）

例句　Hey, cheer up! Everything will be fine.
嘿!高興點，凡事都會沒問題的。

例句　A : I trust you. Don't worry about it.
A：我相信你，不要擔心。

B : Thank you for cheering me up.
B：謝謝你鼓勵我。

常用指數 ★★★★★　　　　MP3 020

Come on!

少來了！

說明 常常可以聽見老美將 "come on" 掛在嘴邊，其實 "come on" 有兩種意思，一為「來吧」、「走吧」，另一種是調侃用語的「你少來了」、「別鬧了」，幾乎是所有老美都少不了的口頭禪，要學好道地的美語得先學會這一句話喔！

例句 Come on, let's go.

來吧！我們走吧！

Oh, come on. I don't believe it.

喔！少來了！我才不相信。

Come on. Don't we have a deal?

得了吧！我們不是已經有共識了嗎？

Congratulations!

恭禧！

說明 不管是何種喜事，只要是值得慶祝的，都可以說："Congratulations"。

例如好友前不久升官了，當上了亞洲區行銷總監，眾好友一齊開了小型慶功宴為他慶賀，席間就聽到"Congratulations"不絕於耳。

記住喔！"Congratulations"一定要用複數形態表示，不可以用單數表示，是表示「很多祝賀」的意思。

例句 A：Finally, I got that promotion.

A：我終於得升遷了。

B：Congratulations.

B：恭禧。

常用指數 ★★★★★　　　　MP3 021

Cool!

真酷！

說明 是老美年輕人間的流行用語，有一點類似中文「真炫」、「超棒」的意思，例如大兒子就曾經用羨慕的語氣說他同學的機器戰警："It's so cool"。

類似 It's awesome. 真酷！

例句　A：Look! This is a new brand bike!
　　　　A：看！這是一部全新的腳踏車。

　　　　B：Cool.
　　　　B：真酷！

例句　A：Do you see that?
　　　　A：你有看見那個嗎？

　　　　B：It's cool, isn't it?
　　　　B：真是酷啊！不是嗎？

常用指數 ★★★★★

Could you give me a hand?

你能幫我一個忙嗎？

說明 這句話可不是要求對方「給我你的手」，而是請求對方給予協助的意思，就像是「提供你的手幫我忙一樣」，老美的幽默文學反映在語言上，是不是也挺好玩呢？

類似 Give me a hand. 幫我個忙。

Do me a favor. 幫我一個忙。

I need your help. 我需要你的協助。

例句 A：Could you give me a hand?

A：你能幫我一個忙嗎？

B：Sure, what is it?

B：好啊，什麼事？

Count me in.

把我算進去。

說明 當一群人打算結夥去作某件事時,而你也想參與時,就可以說 "Count me in"。

"count" 是「計算」的意思,字面意思就是「把我算進去」,例如每次我問誰要和我去購物中心時,老公和兒子們就會貼心地陪我去,他們總是會異口同聲地說:"Count me in",而相反意思「不要把我算入」則是 "Count me out"。

類似 I am in. 我也要參加。/把我算進去。

例句 (一群朋友間)

A:Are you in or out?

A:你到底要不要參加?

B:Count me in.

B:把我算進去。

常用指數 ★ ★ ★ ★

count on someone...
依賴某人…

說明 當老美覺得你很重要的時候,就會說:
"I count on you "(我很依賴你),所以下次
老闆這麼告訴你的時候,你可是要很驕傲
喔,因為表示你是他非常器重又重要的左
右手,很多事他都仰賴你的協助才能完成
喔!

類似 I am counting on you. 萬事拜託了。

例句 We are counting on you to solve it.
我們依賴你來解決這件事。

I count on you, Maria. Please don't quit.
瑪莉亞,我很依賴妳。請不要辭職。

常用指數 ★★★★★　　　　MP3 023

depend on...
視情況…如何再說

說明　"depend" 表示「因…而定」的意思，"depend on" 就是適用在目前情況尚未明朗化，其結果必須視其他相關情況的發展而定時使用，表示目前尚未決定下一步的行動，現在不可輕舉妄動。

例如兒子每次問老爸暑假的露營計畫是否會如期舉行時，老爸總是會先說："It depends"(看情況再說)。

類似　It depends. 視情況而定。

例句　A：What are you going to do?
A：你打算怎麼做？

B：I have no idea. It depends on the situation.
B：我不知道。要視情況而定。

Did I say something wrong?

我說錯話了嗎？

說明 有一次朋友在一個聚會場合開了女主人一個玩笑話，雖然他覺得無傷大雅，但他也發覺在場的每一個人都面面相覷，所以他就問："Did I say something wrong?"（我說錯話了嗎？）所以下一次萬一你不知說出的話是否已得罪人時，最好小聲地問問旁人："Did I say something wrong?"

例句 A : Why? What's the matter? Did I say something wrong?

A：為什麼？發生什麼事？我說錯話了嗎？

B : Yes, you did. You should apologize to him for it.

B：是的，你說錯了。你應該為這件事向他道歉。

常用指數 ★★★★　　　　MP3 024

Do I make myself clear?

我表達得夠清楚了嗎？

說明 是嚴重質疑對方一再誤解你的意思，或是擔心對方似乎不了解你的意思時，就可以反問對方："Do I make myself clear?"（我表達得夠清楚了嗎？），也表示「我有點不耐煩，所以才會這麼問」。

相關 Is that clear? 夠清楚嗎？
Do you hear me? 聽懂我的意思了嗎？

例句 (課堂上)

A：I won't let it happen in my class. Do I make myself clear?

A：我決不允許這件事在我的班上發生，我說的夠清楚了嗎？

B：Yes, sir.

B：是的，老師。

Don't bother.

不必麻煩！

說明   "bother" 表示「打擾」、「費心」之意。
例如對方想主動幫助你，而你卻不願意接
受，或是你不想麻煩對方提供協助時，你
都可以說："Don't bother"(不必麻煩)，是
一種委婉拒絕對方的方法。

例句   （在海關提領行李時）

A：Madam, allow me.

A：女士，讓我來吧！

B：Don't bother. I can manage it by myself.

B：不必麻煩！我可以自己處理

常用指數 ★★★★★　　　**MP3** 025

Don't forget to write.
別忘了寫信(給我)。

說明　要維持友情除了打電話之外，也可以用寫信的方式，所以臨道別說再見前，再補上一句 "Don't forget to write" (別忘了寫信給我)可是會讓人覺得你很重視彼此間的感情。這句話特別適用在即將有遠行並且一段時間不再見面的朋友之間。

類似　Keep in touch. 保持聯絡。

Give me a call if you have a chance.

有機會的話，打個電話給我。

例句　(道別時)

A：I really have to go.

A：我真的要走了。

B：OK. Don't forget to write.

B：好吧！別忘了寫信(給我)。

常用指數 ★★★★★

Don't get on my nerve!

別把我惹毛了！

說明　"nerve" 是「神經」的意思，"get on one's nerve" 字面意思表示「挑動某人的神經」，也就是「惹某人生氣」的意思。
例如大兒子每次早上都喜歡賴床不去上學，不然就是要求很多條件以換取去上學這檔子事，有一次我實在受不了他的無理取鬧時，我就狠狠地告訴他："Don't get on my nerve"（別把我惹毛了），以警告他對自己的行為要多加檢點。

例句　A：Don't get on my nerve!

　　　A：別把我惹毛了！

　　　B：Did I say something wrong?

　　　B：我有說錯話嗎？

常用指數 ★★★★★　　 026

Don't give me a hard time!

別跟我過不去！

說明　"hard time" 是「難熬的時間」，表示「不好受」的意思。

例如同事一天到晚找你麻煩時，你就可以不客氣地對他說："Don't give me a hard time"（別跟我過不去）。

或是同事老憑藉著老鳥的身份，老是將他自己分內的工作轉而請你協助完成時，你也可以說："Don't give me a hard time"。

例句

A：David, are you busy now?

A：大衛，你現在在忙嗎？

B：A little bit. I am working on...

B：有一點！我正在做…

A：Listen, it's urgent. Can you do it for me?

A：聽好，這個很急！你可以幫我做嗎？

B：Don't give me a hard time. I am in the middle of something.

B：別跟我過不去。我正在忙。

常用指數 ★★★★　　　

Don't lose your mind.
不要失去理智。

說明　"lose one's mind" 表示「某人失去理智」，當對方怒火中燒，看似一發不可收拾時，你就可以勸他："Don't lose your mind"(別失去理智)。

或是當對方決定做某件會遭人非議的事時，你也可以說這句話，請對方再深思熟慮一下。

例句　A：I really hate them.
A：我真的很討厭他們。

B：Don't lose your mind. They are your parents.
B：別失去理智。他們是你的父母。

常用指數 ★★★★★

Don't make fun of me.
不要嘲笑我！

說明　"make fun of someone" 是嘲笑、看某人笑話，帶有幸災樂禍的意思。

例如每次大兒子踢足球(football)表現不盡如意時，他總是會要求他的隊友不要嘲笑他。

類似　Don't laugh at me. 別嘲笑我！
Don't tease me. 別挖苦我！

例句　A：I don't like to go out with them.
A：我不喜歡和他們一起出去。

B：Why not?
B：為什麼不喜歡？

A：Because they always make fun of me.
A：因為他們老是嘲笑我。

常用指數 ★★★★★　　　 **028**

Don't mention it.
不客氣！

說明　字面意思解釋為「不要提它」，但意思可以當成是「不客氣」，例如當別人感謝你的幫助時，你就可以瀟灑地說："Don't mention it"，是一句非常口語化又實用的短語。

類似　No problem. 不客氣。

Anytime. 不客氣。

You are welcome. 不客氣。

例句　A：Thank you so much.

A：非常謝謝你。

B：Don't mention it. What are friends for?

B：不客氣。朋友是幹什麼用的？

常用指數 ★★★

Don't move.

別動。

說明 上週我們全家人去爬山時，老公突然大聲地喊："Don't move"。原來他發現一條蛇在路徑邊，所以要經過的人先不要動以免打草驚蛇。

而美國的警察追捕嫌犯時，也常常大聲喝阻地說："Don't move"，他們通常還會搭配說："Hands up!"(手舉起來)。

類似 Halt. 不要動。

例句 (警察用槍指著嫌犯)

A：Don't move. Hands up!

A：別動，手舉起來！

B：All right, all right! Don't shoot.

B：好！好！別開槍。

常用指數 ★★　　　　　　MP3 029

Don't take it so hard.

看開一點。

說明	這是一種安慰語句，當朋友被女友拋棄而自暴自棄時，你就可以勸他："Don't take it so hard"，是勸人想開一點、不要鑽牛角尖的說法，也表示「不要將事情看得這麼嚴重」。

類似	Let it be. 就讓它過去吧！ Take it easy. 放輕鬆點！

例句	A：I can't believe it. She left me after all. A：我不敢相信，她終究離開我了！

B：Don't take it so hard.

B：看開一點。

No one blames you. Don't take it so hard.

沒有人責備你。不要把事情看得這麼嚴重。

常用指數 ★ ★ ★ ★ ★

Don't worry.

不必擔心。

說明 這也是一句安慰人心的話，希望對方能夠放寬心，例如當大兒子第一天轉學時，我擔心他適應不良，擔心地整晚睡不著覺時，老公就說了："Don't worry about him. He is a big boy"（不要擔心他，他是個大男孩）。

類似 Don't let that worry you. 別讓那事折磨你了。

It's nothing. 沒事！

Don't worry about it. 不要擔心它。

例句
A：Why did Becky go to see the movie with that guy?

A：貝琪為什麼要和那傢伙去看電影？

B：Don't worry about her. She is a big girl.

B：不用擔心她。她已經是個大人了。

Do you have any idea...?

你知不知道…？

說明　詢問對方是否知道某事的狀況為何的問句，是老美經常使用的用語，屬於較非正式場合中使用。

類似　**Do you know...** 你知道…嗎？

Do you have any idea about it?
你知不知道這件事？

例句　Do you have any idea where your younger brother is?
你知不知道你的弟弟在哪裡？

Do you have any idea how much I should pay?
你知不知道我應該付多少錢？

常用指數 ★★★★★

drive sb. home
載某人回家

說明 常聽男孩子對女朋友說:「順道載你回家」,在此勸你可不要想破頭:「回家是 "go home",那『載』的英文是什麼?」記住,只要用 "drive(駕駛)＋人名＋home" 就是「載人回家」的意思,是不是簡單又好記呢!

相關
give sb. a { lift / ride } 給某人搭便車

walk sb. home 走路送某人回家

例句 Let me drive you home.
讓我載你回家。

Do you need me to drive you home?
你需不需要我載你回家啊?

Enough!

夠了！

說明 當你覺得「受夠了」或不耐煩時，"Enough！"就是非常適合你心境的用語，可以藉此阻止他人的言論或行為繼續困擾你。

例句 (母子三人間)

A：Mom, Chris bit me.

A：媽，克里斯咬我。

B：But he bit me first.

B：但是是他先咬我的。

C：Enough! I will punish both of you.

C：夠了，我兩個都要處罰！

例句 It's enough. I don't want to see you again.

夠了，我不想再見到你了。

常用指數 ★ ★ ★ ★ ★

Excuse me.
對不起。

說明　"Excuse me"是美國人經常掛在嘴邊的一句話,使用的範圍也相當廣,如果你想說得一口流利的美語,這句話你不得不學。

另外,要請對方「借過」時也可以說"Excuse me"。

例句　A：Excuse me.
A：借過。

B：Sure.
B：好啊。

說明　如果你要離席去洗手間也不必大費周章解釋「我要去廁所」,也只要說"Excuse me"就可以,如果是兩人以上一起離席,就要改成說"Excuse us"。

例句
A：Will you excuse us？

A：請容我們先離席好嗎？

B：Go ahead.

B：去吧。

說明 當你聽不懂或聽不清楚對方說的話時，你也可以說 "Excuse me?" 順便露出疑惑的眼神，但是要記得用疑問的語氣表達。

類似 Come again? 你說什麼？

Pardon?你說什麼？

A：Get the hell out of here!

A：滾開！

B：Excuse me？

B：你說什麼？

常用指數 ★★★★★　　　MP3 032

Face it.
面對現實吧！

說明　"face" 除了是名詞「臉」之外，也有動詞「面對」的意思。

當人身處在困境中時，唯有勇敢面對才是上策，而「面對現實」的英文就是 "face it"。

例句
A：I don't know why Sally always turns me down.

A：我不知道莎莉為什麼總是拒絕我。

B：Face it. She doesn't like you at all.

B：面對現實吧！她一點都不喜歡你。

Let's face this problem.

讓我們面對這個難關吧！

常用指數 ★★★★★　　　MP3 033

fall in love
陷入熱戀

說明　「熱戀」應該怎麼說？可不要說成 "hot love" 喔！只要說 "fall in love" 就可以了。

男生向女孩子說「我愛上你了」時，也不一定要直接地說 "I love you"，也可以改成含蓄地表白："I fall in love with ＋ 人~"。

相關　be all over sb. 對某人非常著迷

例句　A：Stop calling me! It really bothers me.
　　　A：不要再打電話給我了。這讓我很困擾！

　　　B：But I can't help it. I am falling in love with you.
　　　B：可是我情不自禁。我愛上你了。

常用指數 ★★★★★

Fine!

好！

說明　當老美問你 "How are you doing?" 時，你就可以簡單地說 "Fine"，記得要用一種柔順、快樂的表情說，否則就成了另一種嘲諷的意思了。

"fine" 除了「答應」「贊成」的意思之外，也代表一種嘲諷、不情願、等著看人笑話時的口頭禪，說這句話的口氣就要用重重地說出來，表示「好，你愛怎麼做就怎麼做，老子不管你了」。

例句　A：How about having sandwich tonight?

A：今晚吃三明治如何？

B：That's fine by me.

B：我沒意見。

例句　A：I can take care of it by myself.

A：我可以自己處理這件事。

B：Fine. It's your own decision.

B：很好。這是你自己下的決定。

For here or to go?

內用還是外帶？

說明 當我們去速食店點餐時，服務人員常常會問：「這裡用還是帶走？」此時可千萬不要用 "inside" 或 "take out" 這種中式英文的說法，其實只要問顧客： "For here or to go?" 就對了，也可以只問： "Take out?"（外帶嗎？）。至於該如何回答呢？就看看以下的例子吧！

例句 (在速食店點餐櫃檯)

A：Will that be for here or to go?

A：這裡用還是外帶？

B：To go, please.

B：外帶，謝謝。

I would like a cup of coffee to go.

我要一杯外帶的咖啡。

常用指數 ★★★★★

Forget it.

算了。

說明 這一句話簡單又好用，帶有一點不耐煩的意味，也含有欲言又止或不想再追究的意味。

而另一種意思是勸別人放棄，表示「別打歪主意」。

類似 Don't even think about it. 想都別想！

Never mind. 不重要了！

例句 A：I was wondering...

A：我懷疑...

B：Wondering what?

B：懷疑什麼？

A：Forget it. I don't want to know anymore.

A：算了，反正我也不想要知道了。

Forgive me.

原諒我！

說明　當你做錯事，希望他人原諒你時，就可以
　　　說 "forgive me"，是帶有懺悔的一種致歉
　　　用語。

例句　God, please forgive me.
上帝啊！請原諒我。

Please forgive my mistake.
請原諒我的過錯！

例句　A：Would you forgive me?
A：你願意原諒我嗎？

B：I already did.
B：我已經原諒你了！

常用指數 ★★★★★

Frankly speaking, ...
老實說，…

說明 當你不得不說出實際發生的情況時，該怎麼表示呢？只要說 "Frankly speaking, ..." （老實說）就對了。

老美是個有話直說的民族，所以他們絕不會為了顧全你的面子而委屈自己或言不由衷，所以常常可以聽見他們為了發表忠於自己的言論而使用： "Frankly speaking, ..." 的句子。這句話常使用在句首。

類似 To tell you the truth, ... 告訴你實話，…
Honestly speaking, ... 老實說…

例句 Frankly speaking, I don't want to go with you.
老實說，我不想和你一起去。

常用指數 ★★★★　　　　　MP3 036

Freeze!
別動！

說明　"freeze" 在美國影集中常出現，通常是警察拿著槍對嫌疑犯嚇阻時使用。學美語一定要了解每一句話的意思，曾經有一個到美國唸書的中國學生因為不了解警察說這句話的意思而繼續移動，卻不幸被警察射殺身亡。

相關　Halt. 停住！
Hands up! 手舉起來！
On your knees! 跪下！
Get down! 蹲下！

例句　(警察追趕嫌疑犯時)

A：Freeze!

A：別動！

B：OK. Don't shoot.

B：好！別開槍。

常用指數 ★★★★★

Friends?
還是朋友嗎？

說明　當你和最要好的朋友因為吵架而和好後，
為了表示雙方真的盡釋前嫌時，就可以問
對方："Friends?"（我們還是朋友嗎），意
思就是「吵歸吵，我們仍然還是朋友，交
情應該還是存在的吧！」

反義　We are not friends anymore. 我們絕交了！

例句　A：Friends?
　　　A：我們還是朋友嗎？

　　　B：Friends.
　　　B：還是朋友

例句　A：Are we still friends?
　　　A：我們還是朋友嗎？

　　　B：Sure. I still care about you.
　　　B：當然，我還是關心你的。

常用指數 ★★★★★　　　MP3 037

Fuck.

可惡！

說明　"fuck" 原是男女性交之意，經常在吵架爭執時使用，這是一句非常不雅及低俗的辱罵語句，是屬於美國中下階級比較常用的句子，如非必要千萬不要使用。

相關
Rats! 可惡！
Shit! 狗屎！糟糕！
It sucks. 真是爛！
Damn it. 可惡！
Disgusting. 噁心！

例句
A：Fuck!
A：可惡！

B：Pardon? You'd better wash your mouth.
B：你說什麼？你最好洗一洗你的嘴巴！

常用指數 ★★★★★

Get out!
滾蛋！

說明 "get out" 有許多種意思，第一種解釋是討厭某人並要求對方離自己遠一點，像是中文的「滾開」，另一種是對方的玩笑話或行為實在誇張到讓人不敢相信的地步，也就是不相信對方所言的說法，即「你少來了」、「太離譜了」。

類似 Get out of here. 滾蛋、太離譜了！

Get lost. 滾蛋。

Give me a break. 太離譜了、少來了（我不相信你）。

Knock it off. 少來這一套。

例句 A：The president called me last night.

A：昨天晚上總統打電話給我。

B：Get out.

B：少來了(我不相信你)。

 **常用指數** ★★★★★ **MP3** 038

Give me a break.
別吹牛了！

說明 有一點類似中文的「得了吧」，是一種不相信他人所言的表示，例如有一個朋友老愛吹牛他曾經和一玉女歌手交往過，每次他一談這段去的愛時，大家就會說 "Give me a break"，表示「你少吹牛了」。

此外，give me a break" 也可以表示「饒了我吧」。

類似	Get out! 少來了！
	Come on. 得了吧！

例句	A：I was invited to sing a song for the president.
	A：我受邀唱一首歌給總統聽。
	B：Come on, give me a break.
	B：得了吧，少來了！

常用指數 ★★★★★

Go ahead.

去吧!

說明 老美使用這句的機會非常多,"go ahead"的解釋是「隨你便」,也是鼓勵或允許對方「繼續做某事」的意思。

此外,當你提出某一個請求時,對方若是答應,也可以直接說"go ahead"。

類似 Keep going. 繼續吧!

例句 A:I quit. I can't finish it by myself.

A:我放棄。我無法自己一個人完成。

B:Go ahead.

B:隨你便。

例句 (師生間)

A:May I go to the bathroom, sir?

A:老師,我可以去廁所嗎?

B:Go ahead.

B:去吧!

常用指數 ★★★★★　　　MP3 039

Go on.
繼續！

| 說明 | 和 "go ahead" 一樣，"go on" 是「繼續」的意思，例如學生向老師說話時吞吞吐吐、欲言又止時，老師就可以說："Go on"，是指「你繼續說」的意思，有鼓勵對方的言論或行為持續不間斷之意。 |

| 類似 | Continue. 繼續。 |

| 例句 | A：Should I stop doing so?
A：我應該停止這麼做嗎？

B：No. Go on.
B：不。繼續吧！

If he goes on like this he'll lose his job.
如果他繼續這樣下去，他會丟掉差事的。 |

常用指數 ★★★★★

God bless you.
上帝保佑你！

說明 當有人打噴嚏時，你就可以說："God bless you"（願上帝保佑你，讓你快快遠離疾病），是一句非常普遍的祝福語，對方聽到後可是會很感謝你的祝福的喔！

此外，有時也不只有對方打噴嚏的場合才可以用，當對方遭逢人生的不幸事件時，也適合你獻上 "God bless you"。例如當我們得知一位女性朋友得到乳癌時，就可以祝福她 "God bless you"。

例句

A：Atcha!
A：啊啾！（噴嚏聲）。

B：God bless you.
B：上帝保佑你。

常用指數 ★★★★★　　　MP3 040

Good idea.
好主意。

說明　當我和一群朋友正為要去哪一家餐廳用餐而傷腦筋時，突然有人建議不如去大安森林公園野餐時，大家都異口同聲地說："Good idea"，是一種簡單又常用的附和性用語。

類似　Sounds good. 聽起來不錯。

Interesting. 有趣喔！

例句　A：Why don't we try the Italian restaurant?

A：為什麼我們不試試義大利餐廳？

B：That's a good idea.

B：那是一個好主意。

常用指數 ★★★★★

Good job.
幹得好！

說明 這是老美經常使用的稱讚語句，表示對方
的表現優異。

例如小兒子第一天上黏土課時，老師就曾
訝異他居然可以將瑪格烈特的花瓣黏塑得
維妙維肖，他就當場稱讚小兒子 "Good
job"。

類似 | Well done. 幹得好。
Nice going. 幹得好。
Very good. 很好。

例句 A：I already finished it on time.
A：我已經如期完成了。

B：Good job.
B：很好。

常用指數 ★★★★　　　**MP3** 041

Good luck.

祝好運。

說明 道別時總會說一些希望對方更好的祝福話，"Good luck" 好用又好記，就是「好運氣」的意思，也就是「祝你好運」。
"good luck" 通常特別適用於對方即將有考試、遠行或面臨難關時，你可以祝福對方的句子。

類似 Wish you good luck. 祝你好運。
Good luck to you. 祝你好運。

例句 A：Good luck to you, Steve.
A：史提夫，祝你好運。

B：Thanks. I really need it.
B：謝謝，我真的需要（好運氣）。

常用指數 ★★★★★

Got you!

你上當了！

說明 先矇騙對方讓對方信以為真後，再告訴對方這是騙他的玩笑用語，有戲謔捉弄的意思。

像是結婚紀念日時，老公說要出差而不能一起慶祝時，卻又突然準時回家還送我一束花時，他就說了 "Got you"，意思是：「你被我騙了，其實我早就有準備的。」

例句 A：I went to see the movie with Chris's girl friend.

A：我和克里斯的女友一起去看電影。

B：Really? How can you do that?

B：真的？你怎麼辦到的？

A：Got you!

A：你上當了！

Guess what?

你猜猜怎麼了？

說明 要給對方意想不到的答案或驚喜時，可以說 "guess what" 當停頓語句，通常在這句話之後，就是你所要表達的重點。

    "guess what" 通常不太有意義，而是屬於隨口的用語。

例句 A：Sunny, guess what? I passed the entrance exam.

A：你猜猜怎麼了，桑尼，我通過入學考試了。

B：Congratulations.

B：恭喜你。

Hey, buddy, guess what I bought?

嗨，兄弟，猜猜我買了什麼？

常用指數 ★★★★★

Have a great time.
祝你玩得很開心。

說明 「開心」可不要只會說 "I am happy"，通常老美說「我玩得很高興」時都是說 "have a great time"，表示希望對方可以盡興的玩樂，所以下次你和朋友出遊或聚會道別時，就可以這麼告訴對方："I had a great time"。

類似 Have fun. 好好玩。

Have a good day. 祝你有愉快的一天！

例句 A：I'm going to picnic with David.

A：我要和大衛去野餐。

B：Have a great time.

B：好好玩。

例句 A：How was the party?

A：宴會如何？

B：I was having a great time.

B：我玩得很開心。

常用指數 ★★★★★

Hello?

有人嗎？

說明　"Hello" 有兩種意思，一是打招呼，另一種則是要確定是否有人在房子裡時，就可以大聲並用詢問的語調問："Hello?"。

此外，當你發現對方似乎晃神或沒有專心聽你說話時，就可以說 "Hello?"，表示「你有仔細在聽嗎？」

例句 (進入屋內)

A：Hello? Anybody here?

A：哈囉，有人嗎？

B：Yes. May I help you?

B：有的。需要我幫忙嗎？

例句 (打招呼)

A：Hello, how are you doing?

Λ：哈囉，近來可好？

B：Great.

B：很好。

常用指數 ★★★★★

Help!

救命啊！

說明 "help" 是幫助的意思，當你面臨危險時，「呼救」是重要求救方法之一，但是身在美國可不要哭天喊地用中文大叫「救命」，那是沒人聽得懂的，一定要入境隨俗再加上使出吃奶的力氣大聲喊："Help"。

例句
A：Somebody, help!

A：來人啊，救命啊！

B：What happened?

B：發生什麼事？

A：I am bleeding. Could you call an ambulance for me?

A：我流血了。可以幫我叫救護車嗎？

例句
Help! Help!

救命啊！救命啊！

Here you are!

這就是你要的東西！

說明
當你拿東西給對方時，要說什麼呢？很簡
單，你可以說 "Here you are" ，表示「這
是給你的東西」。

或是找零錢的時候，店員也可以說：
"Here you are" ，表示「這是給你的零
錢」。

例句　（在計程車上）

A：How much?

A：多少錢？

B：Two hundred and ninety dollars, please.

B：兩百九十元。

A：Here are you. It's three hundred. Keep
the change.

A：給你，這裡是三百元！ 不用找零了。

常用指數 ★★★★★

Hold on.

等一下。

說明　適用於電話中使用，請對方「先不要掛斷」的要求。

類似　Just a minute, please. 請等一下。

One moment, please. 請等一下。

Wait a moment. 等一下。

例句　(電話中)

A：May I speak to Mr. Lee？

A：請問李先生在嗎？

B：Hold on, please. I will get him.

B：請等一下，我去找他來接電話。

Hold on a second.

等一下。

常用指數 ★★★★★　　MP3 045

How are you doing?
你好嗎？

說明　聽見 "how are you doing" 你會不會不知道
該如何翻譯呢？這可是在美國相當口語化
的問句，這可不是問你在做什麼，而是
「你好嗎？」的意思。使用的機率幾乎和
"How are you?" 一樣頻繁。

類似　How are you? 你好嗎？
　　　　How do you do? 你好嗎？

例句　A：How are you doing?
　　　　A：你好嗎？

　　　　B：Pretty good. Are you?
　　　　B：我很好。你呢？

常用指數 ★★★★★

How come?

怎麼會這樣？

說明 表示「發生了什麼事情」的意思，也是「為什麼」的意思，是美國人使用頻率僅次於 "Why？" 的常用問句。

例句

A：I failed my test.

A：我考試不及格。

B：How come?

B：怎麼會這樣呢？

I missed the train this morning.

我今天早上錯過火車了。

How come? Why didn't you give me a call?

怎麼會呢？你怎麼不打電話給我？

How did it go?

凡事都順利吧？

說明 問候對方好不好有很多種方法，不要老是只會說 "How are you?" 這種公式化句子，偶爾也可以說 "How did it go?" 意思是對方也許正在從事某件事，你關心進行得如何？是否順利？

例如你知道好朋友去做產前檢查時，你就可以問： "How did it go?" ，表示關心產檢的結果。

例句 A：How did it go, Monica?
A：莫妮卡，事情順利吧？

B：Everything went well.
B：一切順利。

常用指數 ★ ★ ★ ★ ★

How's it been going?

近來如何？

說明 老美光是問候的方式就有好多種，"How has it been going?" 是指「你近來好嗎？」的意思，通常適用在有好一陣子沒有見面的朋友之間，至於「好一陣子」是指多久的時間，則沒有一定的限制，只要是你覺得有一陣子沒有對方的消息時都可以使用。

例句 A：How's it been going, Mark?

A：馬克，近來好嗎？

B：Not very well. I got divorced last month.

B：不太順利，我上個月離婚了。

A：I am sorry to hear that.

A：我很遺憾聽見那件事。

常用指數 ★ ★ ★ ★ ★ 　　**MP3** 047

How much is it?

這個賣多少錢？

說明 是詢問售價最簡單的方法，若是你還嫌麻煩，也可以簡單地問："How much?"。注意喔！問多少售價時，可不能說 "How many is it"。

類似 | How much? 多少錢？
| How much does it cost? 這個賣多少錢？
| How much are you asking? 你說要多少錢？
| How much did you say? 你說要多少錢？

例句 A：How much is it?
A：這個要多少錢？

B：It's one hundred dollars.
B：這個要一百元。

常用指數 ★★★★

How was your day?
你今天過得如何？

說明 老美問候的方式有很多種，像是一整天工作之後，應該是很累的，此時就可以付出你的關心："How was your day?"

例如先生下班回家後，太太就可以地問："How was your day?"，關心先生今天工作一天是否順利。

相關	How was your school? 今天在學校過得如何？
	How was your work? 今天工作順利嗎？

例句	A：How was your day?
	A：你今天過得如何？
	B：My day went pretty well.
	B：我今天過得很好。

常用指數 ★★★ 　　　MP3 048

Hurry up!

快一點！

說明　"hurry" 是「催促」的意思，像催促對方動作快一點不要再拖拖拉拉時，就可以說 "hurry up"。此外，也可以只說 "hurry" 即可。

相關　Quick! 快一點。
Come on, move on. 動作加快。

例句　Come on, hurry up! We are going to be late.
快一點！我們快遲到了。

Hurry up, or we'll be late.
快一點，不然我們要遲到了。

常用指數 ★★★★

I am all over you.

我對你非常地著迷。

說明 當男孩子要對心儀的女孩子表白時,不要只會單調地說: "I like you",試試老美用的 "I am all over you",表示「已經對你痴狂、心中只有你」的意思,對方可是會很感動喔!

類似 I am crazy about you. 我對你很癡狂。

例句 A:I am all over you, Cathy.

A:凱西,我對妳非常著迷。

B:You are?

B:你是嗎?

A:Absolutely.

A:絕對是。

常用指數 ★★★　　　　　　　MP3 049

I am flattered.

我受寵若驚。

說明　"flatter" 是動詞「諂媚」、「高興」的意思。當你受到對方的邀請或讚美時，一定會「受寵若驚」，此時就可以說："I am flattered"。

記住，這一句一定要用被動語句 "I am flattered" 的語句。

例句　A：Would you like to have dinner with me?

A：你要和我一起共進晚餐嗎？

B：Yes, I would love to. I feel greatly flattered by your invitation.

B：好，我願意。對於你的邀請，我感到受寵若驚。

常用指數 ★★★★★

I am glad to hear that.
我很高興知道這件事。

說明 當你聽見好友終於要步上結婚禮堂的消息後，你就可以說 "I am glad to hear that"。這句話也適用在當聽見任何好消息時使用。而相反的意思「我很遺憾聽見這件事」時，就可以說 "I am sorry to hear that"。

類似 I am happy to hear that. 我很高興聽見這件事。

反義 I psam sorry to hear that. 我很遺憾知道這件事。

例句 A：I am going study in America.
A：我就要去美國唸書了。

B：I am glad to hear that.
B：我很高興聽見這件事。

I am lost.

我迷路了。

說明 "lost" 有「失去」的意思，所以「我失去了」，就是「迷路」的意思。

除此之外，還有另一層意思，代表「自我迷失」的意思，例如年輕人常會迷失在玩樂之中卻忽略課業時，就可以說："I am lost"。

例句 I am lost. Would you tell me how to get to Taipei?

我迷路了，你能告訴我如何去台北嗎？

Cathy was lost when she went to visit her aunt.

凱西去拜訪她的姑媽時迷路了。

常用指數 ★★★★

I am not telling.

我不會回答。

說明 老美拒絕透漏秘密方法有很多種，"I am not telling"是直接對於對方窮追不捨的問題「拒絕回答」，通常也代表自己的立場是堅定的，意思就是：「請你不要再問了，我是不會回答的」。

類似 I am not going to tell you. 我不打算告訴你。

例句 A：Come on, tell me the secret between you and Mark.
A：得了吧！告訴我你和馬克之間的秘密。

B：I am not telling.
B：我不會回答你的問題。

I am not myself today.

我今天什麼都不對勁！

說明　出門踩到狗屎、車子被拖吊、上班又遲到、中午吃飯又忘了帶錢…當你覺得一整天下來，凡事都不順利時，就可以說："I am not myself today"（我今天什麼都不對勁）。

或是你覺得今天自己的情緒實在莫名的低沈，和平常的自己完全兩樣時，也可以說："I am not myself today"。

例句

A：You look terrible. What's wrong?

A：你看起來糟透了！怎麼啦？

B：I don't know. I am not myself today.

B：我不知道，我今天什麼都不對勁。

A：Cheer up, honey. Tell you what, I got a promotion.

A：親愛的，高興點。告訴你喔，我升官了。

常用指數 ★★★★★

I am off today.

我今天不用上班。

說明 "off" 在英文當中的使用非常頻繁,例如 "get off" 就是「下來」,下車也是用 "get off",而休假也可以用 "off" 來表示,例如「我今天不用上班」就完全不必用 "work" 來表達,只要說:"I am off today" 就可以了。

但是如果是休一段時間的長假,就要用 "I am on vacation" 的敘述比較適合。

例句

A : I thought you should be in the office right now.
A : 我以為你現在應該在辦公室。

B : I am off today.
B : 我今天不用上班。

常用指數 ★★★★★　　　　MP3 052

I am serious.
我是認真的.

說明　"serious" 是「嚴肅」、「認真」的意思，對他人的質疑表示自己確定的立場時，也可以說 "I am serious"，通常是告訴對方「我是認真的」或「我不是和你開玩笑」的意思。

類似　I meant it. 我是認真的。
I am not kidding. 我不是開玩笑的。
Are you serious? 你是認真的嗎？

例句　A：Are you kidding me?
A：你是開玩笑的吧？

B：No, I am serious.
B：不，我是認真的。

常用指數 ★★★★★

I am not sure.

我不確定。

說明 當你不清楚或不確定對方問你關於某事的
狀況時，就可以說："I am not sure"。

類似 I don't know for sure.我不太清楚。

例句
A：Do you know where the bus station is?
A：你知道公車站在哪裡？

B：Sorry, I am not sure.
B：對不起，我不太清楚。

例句
A：Do you have any idea about the date of
Peter's wedding?
A：你知道彼得婚禮的日期嗎？

B：No. I am sure about it.
B：不，我不確定。

常用指數 ★★★★　　　　　　 **MP3** 053

> # I bet.
> 我敢打賭。

說明 這是非常口語化的用法，美國年輕人之間
常常會為某事爭執不下時，就會說 "I
bet~" (我敢打賭)，或是確信自己的見解時
也適用，有點類似中文「拍胸脯保證」的
意思。
這裡的「賭」可是完全和真正的賭(gamble)
沒關係，千萬不要誤用了！

例句 I bet.
我敢打賭。(我敢這麼說)

I bet you'll have to pay for it.
我敢說你一定會為此事付出代價。

I bet they were astonished by the news.
我敢打賭這則新聞會令他們震驚。

常用指數 ★★★★★

I can't believe it.
真教人不敢相信!

說明 通常適用在發生了非常驚訝、令人不敢相信的人事物等狀況時,都可以說 "I can't believe it"。

像美國 911 攻擊事件或某個演員的八卦消息等,在聽到的那一剎那,你都可以用誇張的表情說: "I can't believe it"。

例句 A: Tom and Cathy broke up last week.
A: 湯姆和凱西上週分手了。

B: Really? I can't believe it.
B: 真的嗎?真教人不敢相信!

例句 A: I won this game.
A: 我贏了這場比賽。

B: I can't believe it. You are such a loser.
B: 我真不敢相信,你這個失敗者。

I can't help it.
我情不自禁！

說明 這句話沒有任何艱深的英文單字，卻簡潔有力的表示「情不自禁」、「無法自制」的意思，例如，當妙齡女子從你身旁走過，你無法忍受美女的誘惑而目不轉睛地盯著她時，女朋友卻在一旁大吃飛醋，你就可以帶一點愧疚的口氣安撫她說 "I can't help it"。

help後面的it也可以用動名詞替代，但不可以用原形動詞。

例句 A：My God! Why did you do that?

A：我的天啊！你為什麼這麼做？

B：I don't know. I just can't help it.

B：我不知道。我就是情不自禁。

例句 A：Alice doesn't like you, does she?

A：愛麗絲不喜歡你，不是嗎？

B：But I can't help loving her.

B：但是我情不自禁愛上她！

常用指數 ★★★

I couldn't agree less.

我絕對不同意。

說明 老美是不會勉強自己接受不同的意見，就算是和主管意見不同時，他們也會據理力爭，此時 "I couldn't agree less" 就適合表達你強烈不同意的立場。

類似 I don't agree with you. 我不同意你的意見。

反義 I couldn't agree more. 我完全同意。

例句
A：I think it's a great opportunity.
A：我認為這是一個好機會。

B：I don't think so. I couldn't agree less.
B：我不這麼認為。我是絕對不會同意的。

I didn't mean that.

我不是那個意思。

說 明 因為不希望對方誤會自己的原意，並且為自己所說或所為的事辯解，就可以說："I didn't mean that"，也會有「我不是故意的」之意，多半用過去式"didn't"表示。

類 似 It's not what I meant. 那不是我的意思。

I didn't mean to. 我不是故意的。

例 句 A：You really made me feel embarrassed.

A：你讓我覺得出糗。

B：I am sorry, but I didn't mean that.

B：對不起，但是我不是那個意思。

常用指數 ★★★★

I didn't mean to.

我不是故意的。

說明 為自己不小心造成的結果道歉或辯解之意，例如有一次小兒子因為和哥哥打籃球時，不小心把我花圃的花踐踏得亂七八糟時，他就先自首還含淚地說 "I didn't mean to"，你說我怎麼還忍心處罰他呢？

類似 I didn't do it on purpose. 我不是故意這麼做的。

例句 A：Hey, watch out, buddy.
A：嘿，老兄，小心點。

B：Sorry, I didn't mean to.
B：抱歉，我不是故意的。

例句 Sorry, I didn't mean to step on you.
對不起，我不是故意踩到你的。

常用指數 ★★★★★　　　　MP3 056

I don't know.
我不知道。

說明 曾有一個玩笑話，豬八戒最常說的一句話
是什麼？通常一般人會回答說「我不知
道」，哈！Bingo！有人已經中計成為那隻
豬八戒囉！

類似　I have no idea. 我不知道。

　　　I don't know about it. 我不知道這件事。

例句　A：Do you know where your brother is?
　　　A：你知道你哥哥在哪裡嗎？

　　　B：I don't know.
　　　B：我不知道。

　　　I don't know what you are talking about.
　　　我不知道你在說什麼。

常用指數 ★★★★★

I don't think so.

我不這麼認為！

說明 是反駁對方觀點的一種說法，通常在對方發表了長篇大論後使用。也帶有一點挑釁、不同意、質疑的意味，特別適合在辯論時使用。

反義 I think so. 我是這麼認為。

例句

A：Just be patient. It's going to be over soon.

A：只要有耐心，事情很快就會過去的。

B：I don't think so. I can't forget the fault he made.

B：我不這麼認為。我忘不了他犯的錯誤。

常用指數 ★★★★　　　　MP3 057

I don't care.
我不在意。

說明　表示自己不將事情放在心上時，就可以說：
"I don't care"。在人際關係之間可不要隨
便說這句話，言者無心聽者有意，若沒有拿
捏好可是容易傷人，讓對方誤以為你不把他
放在心上。

例句　A：You went to Japan without telling your
　　　　parents?
　　　A：你去日木沒有告訴你的父母？

　　　B：Why should I? I don't care about them.
　　　B：為什麼我應該要？我不在意他們。

例句　A：Sally's boyfriend went to see a movie
　　　　with another girl.
　　　Λ：莎莉的男朋友和另一個女孩去看電影。

　　　B：So what? She didn't care at all.
　　　B：那又怎樣？她一點都不在意。

常用指數 ★★★★

I don't have the time.

我沒有時間。

說明　中文常會說：「我沒有美國時間！」那麼
英文要怎麼表達這句話呢？

其實，英文中是沒有一模一樣的說法，但
是有類似「沒有時間」的情境，很簡單，
只要說："I don't have the time" 就可以
了！

例如小兒子常常要哥哥陪他打籃球，若是
哥哥剛好要準備考試時，就會說："I don't
have the time"。

例句　A：Can you walk my dog after dinner?

A：晚餐後你可以幫我遛狗嗎？

B：I am afraid not. I don't have the time.

B：恐怕不行。我沒有時間。

I got fired.

我被炒魷魚了。

說明 人生不如意十之八九，像是「被炒魷魚」
就是一例，因為影響的層面就相當大。
「解雇」是 "fire"，「被炒魷魚」就是
"get fired"，字面意思是「被火燒」，和
「被炒魷魚」的情境是不是很像？像是置
身水深火熱一樣不好受！

類似 I was laid off. 我被解雇了。

I got the boot. 我被開除了。

I got the ax. 我被開除了。

They kicked me out. 他們把我開除了。

例句 A：You look upset. Are you OK?

A：你看起來心情不好！你還好嗎？

B：I got fired.

B：是我被炒魷魚了。

A：I am sorry to hear that.

A：真是遺憾！

常用指數 ★★★★

I got stuck!

我被困住了。

說明 指被困在某處或因某事而動彈不得、無法抽身時，就可以說 "got stuck"。例如困在車陣、面臨兩難的局面等時，就可以說 "I got stuck"。

例句 A：Why were you late again?

A：你為什麼又遲到了？

B：Because I got stuck in the traffic jam this morning.

B：因為今天早上我被困在車陣中動彈不得。

例句 I got stuck at the airport.

我被困在機場了。

I got stuck on the top of a mountain.

我被困在山頂上。

常用指數 ★★★★　　　　　MP3 059

I guess I will.

也許我會。

說明　美語其實可以很簡單就學會了，例如這句 "I guess I will" 簡單又明瞭地表達對於對方的建議會好好考慮，甚至是會照樣去做的意思，也可以解釋作「也許我會試一試」，至於是否真的會作？就由你自己決定囉。

例句

A：Why don't you call her again? You still love her.

A：你何不打電話給她，你依然愛著她啊！

B：I guess I will.

B：也許我會（打電話給她）。

常用指數 ★★★★★

I have no choice.
我別無選擇。

說 明 當一個人無奈又別無選擇時，就可以說："I have no choice"，表示「迫於現實的壓力，我只好這麼做」的意思。

類 似 I have no options. 我別無選擇。

例 句 A：Why did you do that?
A：你為什麼這麼做？

B：Don't ask me why. I have no choice.
B：別問我為什麼。我別無選擇。

It's not that I don't love my children. I have no options.
不是我不愛我的孩子，是因為我別無選擇。

常用指數 ★★★　　　　　　MP3 060

I haven't decided yet.
我還沒有決定。

說明　當你對於該下決定時仍舊遲疑不決時，就可以說 "I haven't decided yet"，這麼一來，對方通常會給你多一點的時間再考慮，或是提供給你一些能夠下決定的建議。

例句　A：Are you ready to order?
　　　A：你要點餐了嗎？

　　　B：I haven't decided yet.
　　　B；我還沒有決定。

　　　A：How about the steak? It's the specialty to the house.
　　　A：要不要試試牛排？這是招牌菜。

常用指數 ★★★★

I have to go.
我要走了。

說明 光是「離開」就有許多種說法，而美國人也習慣用簡單的方式來表達「我要走了」的意思，以下的幾種說法都是美國人經常說再見的說法：

類似 I have got to go.我必須要走了。

I have got to leave.我必須要離開了。

I will be leaving.我要離開了。

It's about time to say good-bye.該是說再見的時候了。

例句 A：Can't you stay for me?

A：你不能為我留下來嗎？

B：Sorry. I really have to go.

B：抱歉，我真的要走了。

I hope so.
希望如此。

說明　希望事情的發展能符合預期,也帶有贊同的意味。

例如每次大兒子考試考不好時,爸爸就會安慰他「下次還有機會考好一點啊」時,他就會說 "I hope so",表示「我也希望事情能像你說得這樣。

反義　I hope not. 希望不是。

例句　A：You can do your best to finish it.
　　　A：你可以盡你所能去完成。

　　　B：I hope so.
　　　B：我也希望是如此。

例句　A：I really think Mary will marry Johnny.
　　　A：我真的認為瑪莉會嫁給強尼。

　　　B：I hope not.
　　　B：我希望不要。

常用指數 ★★★★★

I know nothing about it.

我一無所知!

說明 表示「不知道」可以用 "I don't know"，
但是若是表示「完全一無所知」呢?那就可
以用本句: "I know nothing about it"。
像是每次Jason和James兩兄弟在家裡嬉鬧
追趕,卻不小心打破家裡花瓶後,哥哥的
反應一定是馬上自首,弟弟卻會一臉無辜
地說: "I know nothing about it",企圖規
避被處罰,卻往往天不從人願!

例句

A:What a mess over here. Who did this in
my kitchen?

A:這裡真是一團亂!誰在我的廚房做的好
事?

B:It's my fault.

B:是我的錯!

C:I know nothing about it.

C:我一無所知!

常用指數 ★★★★★　　　**MP3** 062

I see.

我了解了。

說明 告知對方，針對這件事「我已經明白你的意思」。例如我曾花了好長的時間向大兒子解釋地球形成的原因後，兒子總算明白時，他就恍然大悟地說："I see"。

類似
I got it.我了解。

I got you.我懂你的意思。

I see what you mean. 我了解你的意思。

I understand.我了解。

例句
A：That's the reason why I have to call her.

A：那就是我為什麼應該打電話給她的理由。

B：Oh, I see.

B：喔！我瞭解了。

常用指數 ★★★★★

I warned you.
我警告過你。

說明 我們常說「不聽老人言,吃虧在眼前」,
老美也有類似的意思,就是 "I warned
you",照字面翻譯成中文的意思就是「我
警告過你」。

例如寶貝兒子玩直排輪(In-Line-Skates)時將
膝蓋摔傷了,我就可以告訴他 "I warned
you",因為他出門前我還特別提醒他一定
要穿戴好護膝,這一摔可就更應驗了老媽
的警告了。

類似 I told you so.我已經告訴過你(會發生這個
情形了)。

例句 A:I didn't expect it happened.
A:我沒有預期會發生這件事。

B:But I warned you yesterday.
B:但是我昨天就警告過你。

常用指數 ★★★★★　　　MP3 063

I will do my best.
我盡量。

說明 「責任感」是每個人應具備的基本態度，
當你說了 "I will do my best"，就代表要
為自己的保證盡到完全的義務，更有盡力
做到最好的責任。

類似 I will try my best. 我盡量。
I will try to. 我盡量。

例句 A：Can you finish it by 5 PM?
A：你能在五點前完成嗎？

B：I will do my best.
B：我盡量。

常用指數 ★★★

I will say.

的確是這樣。

說明 這裡的 "I will say" 字面意思的可不是「我會說」的意思，而是認同某件事的意思。例如當好友向你哭訴丈夫如何毆打她，並打得鼻青臉腫時，又抱怨自己是如何遇人不淑時，恐怕你也只能說："I will say"。

例句 A：I don't think Chris is Cathy's style.
A：我覺得克里斯不是凱西喜歡的風格。

B：I will say.
B：的確是這樣的。

例句 A：I think Peter and Cathy broke up.
A：我覺得彼得和凱西分手了。

B：I will say.
B：的確是這樣的。

常用指數 ★★★★　　　　　　MP3 **064**

I will take it.
我決定要買了。

說明　當你看中意一件衣服又是挑選、又是適穿
時,相信店員會很渴望聽見你說 "I will
take it"。不論是衣服、電器、食物等,都
可以這麼說。

類似　I will take this one. 我要買這一個。
I will buy this one. 我要買這一個。

例句　(在商店購物)

A:How do you like it?
A:你喜歡嗎?

B:It looks great. I will take it. How much is
it?
B:看起來不錯!我買這一件。這個賣多少
錢?

A:It's five hundred dollars.
A:要賣五百元。

常用指數 ★★★★★

I will try.

我會試試看。

說明 當別人提供建議，而你想「試試看」時，
可千萬不要又犯了中文式英文的思考陷阱
而說 "try and watch"，其實你只要說 "I
will try" 老美就能瞭解你躍躍欲試的決心
了。

類似 I will take a shot. 我試試。

例句 A：Why don't you ask your parents for help?
A：你為什麼不向你的父母求助？

B：That's a good idea. I will try.
B：那是一個好主意。我會試試看。

例句 I don't know for sure, but I will try.
我不確定，但我會試試看。

I would like to...
我想要…

說明　"I would like to~" 有兩種意思，一為「我願意」的客套回答，另一種是婉轉拒絕對方邀請時使用，通常會說 "I would like to, but~" 再加上理由。

此外，"I would like to..." 還可以表達「想做某事」的意思，是一種謙虛用語。

例句
A：Do you want to see a movie with me?
A：你們想和我去看電影嗎？

B：Yes, I would like to.
B：好啊，我願意。

C：I would like to, but I have to do my home work.
C：我很想去，但是我要作功課。

I would like to have a cup of tea.
我想要喝一杯茶。

常用指數 ★★★

If you ask me...

就我個人而言，我覺得…

說明 話說有一天我正為不知道穿哪一件禮服參加宴會而煩惱時，老公實在看不慣我猶豫不決的個性，就說「如果你詢問我，我的意見是妳應該穿寶藍色那件！」但是我根本沒有開口要求他給我意見，這種「如果你詢問我，我的意見是~」就是 "If you ask me~"。

而如果我要反駁他的意見時，就可以不客氣地說 "I wasn't asking you" (我沒問你意見)。

例句 If you ask me, I think he was lying.
如果你問我，我覺得他說謊。

She doesn't love you at all, if you ask me.
就我來看，她一點也不愛你。

常用指數 ★★★★★　　　MP3 066

In fact, ...
事實上，…

說明 這是老美為解釋某事時相當普遍的一個用法，有一點為事實說明的意味。

類似 The truth is that... 事實上，…
As a matter of fact... 事實上，…

例句 A：Why did you break that window?
A：你為什麼打破那個窗戶？

B：In fact, I didn't do it. It's Brian.
B：事實上，不是我做的，是布來恩做的。

In fact, I am really sick.
事實上，我生病了。

In fact, we are ready to offer help in any way we can.
事實上，我們已經準備盡我們所能提供幫助。

常用指數 ★★★★

In or out?

參加或退出？

說明 詢問人究竟要不要一起參加某個大家正在
邀約的活動時使用，是老美年輕人間常使
用的問法，屬於非正式場合使用。

類似 Coming or not? 到底要不要來？

Who is with me? 有誰要一起參加？

例句 A：In or out？

A：你到底要不要參加？

B：OK, I will go.

B：好，我會去。

C：Count me in.

C：把我算進去。

D：I'm in too.

D：我也要參加。

Is that so?

真有那麼回事嗎？

說明 當有人吹牛說曾經和影星妮可基曼吃飯時，你就可以回應："Is that so?" 表示吃驚、不敢相信的意思，是指「真像你所說的嗎？我不太相信」的意思。具有嚴重質疑與不相信的意味。

例句 A：The singer Eminem is coming to Taiwan next week.

A：歌手痞子阿姆下星期要來台灣。

B：Is that so? I thought it's a joke.

B：真的嗎？我以為那是 個玩笑話。

例句 A：What kept you so late?

A：怎麼這麼晚？

B：I missed the train.

B：我錯過火車了。

A：Is that so?

A：是嗎？

常用指數 ★★★★★

It can't be.

不可能的事。

說明 這是一句完全沒有艱深單字的句子，也是老美經常說的一句話，例如當你覺得某事是「不可能」時，就可以說："It can't be"，是具有反駁的意味。

類似 It's impossible. 不可能。

I don't think so. 我不這麼認為。

例句 A：Tracy is about to leave.

A：崔西要離開了。

B：It can't be. She promised me to stay.

B：不可能，她答應我要留下來。

例句 A：I am going to marry David.

A：我要嫁給大衛了。

B：It can't be. You are still young.

B：不會吧！你還這麼年輕。

It didn't help.

這沒有幫助。

說明 當你辛辛苦苦做某件事時，卻仍舊沒有成功，而有人提出更好的建議給你，你仍沒有信心時，就可以說 "It didn't help"，這句話有一點無奈、不願意的意味。

例如每次小兒子和哥哥玩二人鬥牛籃球賽，哥哥想要教一些技巧給弟弟時，弟弟就會說 "It didn't help"，因為他老覺得輸球是因為自己的個子沒有哥哥高，和技巧沒有關係。

例句

A：Let's see. You can try it again.
A：我想想！你可以再試一次啊！

B：That's enough. It didn't help.
B：夠了。那一點幫助都沒有。

常用指數 ★★★★★

It happens.
常有的事。

說明 當某件事發生的頻率相當頻繁,大家已經是見怪不怪了,就是 "It happens",也代表「因為這件事經常發生,所以不要再大驚小怪了!」
例如有一位老鄰居總是故意將垃圾放在垃圾桶外時,管委會只能搖搖頭嘆氣地說:"It happens all the time"。

類似 It happens all the time. 這件事見怪不怪,是常發生的事。

例句 A:Look! He is so weird.
A:瞧!他好奇怪。

B:It happens.
B:那是常發生的事。

A:It does?
B:真的(經常發生)嗎?

常用指數 ★★★★★　　　　MP3 069

It's absurd.

真是荒謬。

說明 當你發現某事怪異到令人毛骨悚然時，你就可以說 "It's absurd"。

例如每次當你經過一棟無人居住的房子時，總是會從裡面傳出一陣陣鋼琴聲，讓你不得不趕緊拔腿就跑時，你就可以告訴你的朋友："That noise is so absurd"（那噪音真是非常荒謬。）

類似 It's ridiculous. 真是荒謬。

例句 A：I swear I didn't call you.

A：我發誓我沒有打電話給你。

B：You didn't? It's absurd. Then who did it?

B：你沒打？真是荒謬！那麼是誰打的？

常用指數 ★★★★★

It's crazy.

真是瘋狂！

說明　"crazy" 是「瘋狂的」的意思，可以說明人、事、物，當有人決定要做一件震驚世人的大事時，必定是教人不敢置信的瘋狂(crazy)行為。

例如有人計畫從帝國大廈(Empire State Building，紐約的摩天大樓，樓高 381 公尺 102 層)做高空彈跳(bungee jump)時，你就可以澆他冷水說 "Are you crazy?"(你瘋啦！)

類似　It's ridiculous. 荒謬。

例句　A：I am going to marry Jason.
A：我打算要和傑生結婚。

B：That is crazy! He is your brother.
B：真是瘋狂！他是你的哥哥耶！

It's creepy.
令人悚然。

說明　"creepy" 是「悚然的」之意，對某件事覺得害怕時，你就可以說："It's creepy"。例如當你看完恐怖電影後，就老覺得有人在跟蹤你，此時你就可以說："It's creepy"

類似　It's scary。真是令人害怕。

例句

A：You look pale. What's wrong?
A：你看起來臉色蒼白。怎麼了？

B：It's creepy. Because I keep hearing unusual noise.
B：因為我老是聽到很不尋常的噪音，真教人害怕。

A：I heard nothing.
A：我沒有聽到。

常用指數 ★★★★★

It's ridiculous.
荒謬。

說明 「一種米養百種人」，世界上千奇百怪的
事太多了，當你發現某件事荒謬到甚至有
點荒腔走板般怪異時，就可以說："It's
ridiculous"。就像前不久有個男人竟在他那
話兒(penis)上刺青時，聽到這個新聞的人
無不說："It's ridiculous"。

I can't believe it. It's ridiculous.
我真不敢相信！真是太荒謬了！

Don't be ridiculous.
別荒謬了！

It's ridiculous. You run away from this game.
真是荒謬。你居然逃避比賽。

常用指數 ★★★★★　　　　MP3 071

It's weird.
詭異。

說明 形容事情奇怪的說法有許多種，"It's weird" 也是老美國常掛在嘴邊的一句話。
"weird" 表示鬼怪似的、怪誕的或是不可思議的，舉凡靈異、令人不解的事件都可以用 "weird" 來形容，例如某個性變態的人喜歡收集女孩的內褲時，就可以說他是："so weird"。

例句 That's so weird. I don't know why mom didn't punish me for that.
真奇怪！老媽居然沒有為那件事處罰我。

It's weird that he asked me out.
他居然約我出去，真是詭異。

常用指數 ★★★★★

It's getting worse.

越來越糟了。

說明 表示事情「越來越~」的情境，可以用
"get +形容詞" 的比較語句來表示，例如
「越來越糟」就是 "be getting worse"，而
「越來越好」就是 "be getting better"。

例句
A：How is the relationship between you
guys?
A：你們之間的關係如何了？

B：I don't know. It's getting worse, I guess.
B：我不知道。我猜越來越糟了。

The weather is getting worse.
天氣越來越糟了。

It's gone.
不見了。

說明 形容某人或某物不見蹤影時，就可以說：
"It's gone"。

例如有一天小兒子就曾哭哭啼啼地告訴
我："My toys are all gone"(我的所有玩具
都不見了)，查問之下才知道是哥哥搞的
鬼。

例句 A：It's weird that Brian didn't show up.
A：真詭異，布來恩居然沒有出現。

B：He is gone.
B：他不見了。

例句 A：Everything is gone.
A：所有的東西都不見了。

B：What do you mean everything?
B：你說「所有的東西」是什麼意思？

常用指數 ★★★★★

It's helpful.

是有幫助的。

說明 當你提供協助給需要幫助的人時，就適合
說 "It's helpful"，例如當我從事「失婚協
會」的義工輔導工作時，那些失婚婦女對
我最常說的一句話就是： "Talking to you is
really helpful"（和你們聊天真有幫助）。

類似 You have been very helpful. 你真的幫了大
忙。

You have been a great help. 你真的幫了大
忙。

例句 It's helpful.
很有幫助。

It's been really helpful.
真的很有幫助。

Your tools are really helpful.
你的工具真的很有幫助。

It's horrible.

真是恐怖。

說明　當發生不幸的事時，可能造成極大的震撼及災害，或是某件事讓你覺得很可怕時，就適合說："It's horrible"。
例如美國 911 恐怖攻擊(terrorist attack)發生時，許多曾目睹災難發生的人就是用"It's horrible"來形容當時的情形。

類似　It's terrible. 恐怖的。

例句　The music was horrible.
這音樂糟透了。

That movie was horrible.
那部電影真恐怖。

What you have done to him was really horrible.
你對他所做的事真的是糟透了。

常用指數 ★★★★

It's about time.

時候到了。

說明 這句話的運用相當廣，只要是表示「預期
的時間到了」、「時間不多了」都可以使
用，例如「該是時候」離開了、「是時
候」作某事等。

例如，當朋友夫婦準備告訴他們所領養的
小孩原來身世的真實身分時，他們就是認
為："It's about time"。

例句 Come on, hurry up. It's about time.
快一點，時候到了。

That's it. It's about time.
就這樣，是時候了。

It's about time to face the problem.
是該面對問題的時候了。

It's a long story.
說來話長。

說明 表示事情的始末無法一言以蔽之時，就是「說來話長」，那麼英文要怎麼說呢？很簡單，就是 "It's a long story"，字面意思就是「這是很長的一段故事」，表示不是一言兩語就可以解釋清楚的。

例如，當我得知好朋友和結褵十五年的先生已經協議離婚時，她對關心只有無奈的一句話："It's a long story"。

例句 A：Mark and I broke up last month.
A：馬克和我上個月分手了。

B：How come? What happened to you?
B：為什麼？你們怎麼啦？

A：I don't want to talk about it. It's a long story.
A：我不想說。說來話長。

常用指數 ★★★

It's a piece of cake.
太容易了。

說明 字面意思是「像一塊蛋糕」，真實意思卻不是如此。老美說話有時也會用一些非常誇張的表示方法，當他們覺得這件事情很容易解決，一點也不困難時，就會說 "a piece of cake"，例如美女因汽車拋錨而求救於路過的男士時，男士就可以英雄救美展現紳士風範地說："It's a piece of cake"。

類似 An easy cake. 小事一樁。

例句 A：Would you show me how to do it?
A：你能告訴我如何作這件事嗎？

B：Sure. A piece of cake!
B：當然好。這太簡單了！

常用指數 ★★★★　　　MP3 075

It's a pity.
真可惜。

說明　"pity" 是「可惜的」的意思,當你為某事感到很惋惜時,就可以說 "It's a pity that..."。

例如先生想要爭取主管級工作卻不順利時,我就會說 "It's a pity that you didn't get that position"(真可惜你沒有得到那份職位)。

例句

A：The music concert had started at 7 PM.
A：音樂會已經在晚間七點開始了。

B：It's a pity that we have missed it!
B：真可惜,我們錯過了這場音樂會。

It's a pity that I am now on a business trip.
真可惜我現在正在出差中。

It's a pity that they broke up.
真可惜他們分手了。

常用指數 ★★★

It's all my fault.

都是我的錯。

說明 當你發現自己犯錯了，就必須勇敢承認並
承擔這個錯誤(mistake)，此時你就適合說
"It's all my fault"。

例如每一次我發現家裡弄得亂七八糟時，
不管是弟弟還是哥哥造成的，大兒子總是
會替弟弟辯護而承擔所有的責任，他一定
會搶著說："It's all my fault"。

例句 A：I was really wondering why it happened.
A：我實在懷疑這件事為什麼會發生。

B：It's all my fault.
B：這都是我的錯。

It's going to be over soon.

事情很快就會過去的。

說明 天有不測風雲，當有人面臨難關或挫折時，就可以用這句話來安慰對方。

老美不會用太多華麗的句子，這句話簡單卻可以適用在熬過任何的難關上。

"over" 表示「結束」的意思。

例句 A：I am sorry to hear that. But it's going to be over soon.

A：我很遺憾聽見這件事，但是事情很快就會過去了。

B：I hope so.

B：希望如此。

Cheer up, buddy. It's going to be over soon.

不要難過了，兄弟。事情很快就會過去的。

常用指數 ★★★★

It's going to happen.
事情百分百確定了。

說明 當某事已經決定了不容許再改變時,就可以說 "It's going to happen",字面意思是「事情即將發生了」。

例如企劃案已經通過董事會的決議,卻還有人企圖要更改企劃內容時,你就可以大聲地告訴對方 "It's going to happen",意思是「你別白費心機了,事情早已確定了」,帶有希望對方不要做無謂的反抗或抵制。

例句 A:I don't think it's a good idea.

A:我覺得這不是一個好主意。

B:I know, but it's going to happen. What can we say?

B:我知道,但事情已經百分百確定了。我們還能說什麼?

It's impossible.
不可能！

說明　當你覺得某事相當不可思議時，不但可以用 "I can't believe it"，也可以說："It's impossible"。

例如當你聽見太太懷孕了，可是你早已經結紮了時，就可以說："It's impossible"。

至於孩子是誰的呢？"I have no idea"（我不知道）。

類似　It can't be. 不可能的事。
It can't be truth. 不可能是真的。

反義　It's possible. 有可能。

例句　A：I want Joe to be my boyfriend.
A：我要喬伊當我的男朋友。

B：It's impossible. He doesn't like you at all.
B：不可能！他一點都不喜歡你啊！

常用指數 ★★★★★

It's no big deal.

沒什麼大不了。

說明 "It's no big deal" 字面意思是「沒什麼大事」。當你覺得某人實在是大驚小怪，就可以說："It's no big deal"，意思是「那又怎樣？」。

像是每一次我的一個男性朋友和網友認識的當天晚上就會發生性關係時，他就常常說："It's no big deal"，看來，對老美來說，似乎一夜情 (one night stand) 的關係真的不算什麼 (no big deal)。

例句 A：Joe, you didn't do your homework.
A：喬伊，你沒有作你的功課。

B：So what? It's no big deal.
B：那又如何？這沒什麼大不了啊！

常用指數 ★★★★★　　　MP3 078

It's none of your business!
少管閒事！

說明 "business" 是「生意」的意思，"none of your business" 就是「不是你的生意」，解釋作當你認為某人實在像管家婆一樣，什麼事都要管，這句話可以讓他少管一點閒事，因為「不關你的事」。

類似 Mind your own business. 管好你自己的事。

例句
A：You should save money for your family.
A：你應該為你的家庭存錢。

B：What I do with my money is none of your business.
B：我怎麼花我的錢，不關你的事。

常用指數 ★★★★★

It's nothing.

沒事！

說明 表示「目前一切都很好，沒有發生任何異狀」，例如當我發現大兒子頭髮滿是泥土灰，我問他："What happened to you?"，他就一副不在乎的說："It's nothing"，其實他是因為自尊心作祟，不想讓我知道他練足球時表現不好，所以被教練要求反覆練習頂球。

例句 A：Hey, pal, you look pale. Are you all right?
A：嘿，伙伴，你看起來臉色慘白，你還好吧？

B：Don't worry about me. It's nothing.
B：別擔心我，沒事。

A：Are you sure?
A：你確定嗎？

常用指數 ★★★★　　　MP3 079

It's not the point.

這不是重點。

說明　表示主題偏離或「不是你所說的那樣」的
意思，通常說這句話時，有指正對方錯誤
觀念或為了重新釐清重點的目的。

例句
A：Are you saying not to complete it?
A：你是說不要去完成嗎？

B：You are wrong. It's not the point.
B：你錯了。那不是重點。

Well, it's not the point. The point is it is good
for our country.
嗯，這不是重點。重點是這對我們國家很
好。

It's great, but it's not the point.
是很好，但這不是重點。

But it's not the point of the story.
但是這不是這個故事的重點。

常用指數 ★★★★★

It's on me.
我請客。

說明 又是一句簡單好用的句子 "It's on me" (我請客)。

雖然說老美覺得朋友間 "go Dutch" (各付各的)是天經地義的事，但是有時仍少不了要請客交際一下，此時就可以說 "It's on me"，可以翻譯作「帳算在我身上」。

類似 Be my guest. 我請客。

相關 It's on you. 你請客。
It's on the house. 老闆招待的。

例句 A：It's on me.
A：我請客！

B：OK, if you insist.
B：好啊！如果你堅持。

常用指數 ★★★★★　　　　

> # It's over.
> 事情結束了。

說明　當事情告一段落後，我們可以說 "It's over"。

例如男女朋友分手(break up) 時，就可以說："It's over"。

而 "It's over" 這句話也可以當作安慰發生不幸事件的人，表示「一切都隨風去吧，不要再傷心了」，說這句話時還要記得將手放在他肩上，以表示你對他的同情。

例句　(男女朋友間)

A：It's over between us, Chris.

A：我們之間完了，克里斯！

B：What did you say? You still love me.

B：你說什麼？你還是愛著我呀！

常用指數 ★★★★★

It's too bad.

太可惜了！

說明 發生了令人惋惜的事情而教人感到遺憾
時，就可以說 "It's too bad"。
例如你的好友沒有通過入學考試，你就可
以說："It's too bad" 表示為他感到難過。

類似 Too bad.太可惜了！
I am sorry to hear that.我很遺憾聽見這件
事。

例句 A：I didn't get that job.
A：我沒有得到那份工作。

B：How come? It's too bad. You are the best
in this field.
B：為什麼？太可惜了！你是這個領域中的
箇中好手。

It's unfair.
不公平！

說明 當你發覺事情的發展是非常不合理時，就可以大聲疾呼："It's unfair"，以藉此表達你的不滿情緒。

類似 It's not fair. 不公平。

反義 It's fair. 公平的！

> I think the punishment is unfair.
> 我認為這樣的懲處是不公平的！

> What you have done to Jack is unfair.
> 你對傑克所做的事是不公平的！

> Don't you think is unfair to me?
> 你不覺得對我是不公平的嗎？

常用指數 ★★★★★

It's an accident.

這是意外。

說明 "accident" 是指「意外」、「災害」或「偶發的事件」，所以可以說 "car accident" (車禍)、"railway accident" (鐵路事故)等。

"It was an accident" 表示事情發生得太突然，大家都沒有預期到，也具有安慰的意味。

例句 (在車禍現場)

A：Are you all right?

A：你還好嗎？

B：I am just fine. It's only an accident.

B：我還好。這只是意外。

It's what I mean.
我就是這個意思。

說明 特別再次強調你先前所說的話時使用，或是表達「沒錯，我就是這個意思」的確定立場。

例如每次請大兒子幫我打掃客廳時，大兒子都會故意用 "Are you sure?" (你確定) 來質疑我的要求時，我就會斬釘截鐵地說："It's what I mean"。

類似 I mean it. 我是認真的。

反義 It's not what I mean. 我不是這個意思。

例句 A：Are you saying that you are going to quit?
A：你是説你要辭職？

B：It's exactly what I mean.
B：我就是這個意思。

常用指數 ★★★★★

It's worth a shot.

那值得一試。

說明 | 美國是個鼓勵自由發展的國家，所以當大兒子告訴爸爸他想要向學校爭取圖書館假日舊書整理的工作時，他就鼓勵兒子去嘗試，老公只說："It's worth a shot"。事後證明，只要他肯試就會如願以償的。

例句 | A：What do you think of my idea?
A：你覺得我的點子如何？

B：It's worth a shot.
B：那值得一試。

例句 | A：I am afraid that David won't accept my offer.
A：我擔心大衛不會接受我的提議。

B：It's worth a shot, isn't it?
B：值得一試，不是嗎？

It takes time.

要花時間。

說明 當某事是需要花一些時間才能完成時，就
可以說："It takes time" 是帶有一點「事
情挺麻煩，不是像你想得這麼簡單」的意
思。有時想要拒絕對方卻不好意思明講
時，也可以故意這麼說。

"takes time" 在這裡是表示「花費時間」
的意思。

例句 A：Is it an easy job for you?

A：這對你來說是個簡單的工作嗎？

B：Well, it takes time to finish it.

B：這個嘛，需要花一點時間去完成。

It takes time to finish my assignment.

我的功課需要花時間完成。

常用指數 ★★★★★

It will all work out.

事情會有辦法解決的。

說明 是一種安慰的語句，老美天生樂觀，他們總認為天下沒有解決不了的難題，所以常常會認為："It will all work out"，而當事情縱使沒有想像中的好解決時，適時地說出 "It will all work out"，有時也會讓人覺得比較有希望的。

"work out" 表示「解決」的意思。

例句
A：I can't believe it's so hard for me.
A：我不敢相信，這對我來說是這麼困難。

B：Don't worry. It will all work out.
B：別擔心，事情總會有辦法解決的。

It won't keep you long.

不會耽誤你太多時間。

說明 當你想要和主管談一談，卻不要他因為你要求面談會花很多時間而拒絕你時，你就要讓他知道「不會耽誤你太多時間」，英文就是 "It' won't keep you long"。這句話也可以適用在你要解釋任何「不會花很多時間」的事件上。

例句 A：Can I talk to you? It won't keep you long?

A：我能和你聊一聊嗎？不會耽誤你太久的時間。

B：OK! Have a seat.

B：好啊！坐吧！

常用指數 ★★★★

Just a thought.

只是一個想法。

說明 是不是有過這樣的經驗：當你說了一些無
關緊要的小事而對方也沒聽楚，當他再詢
問，請你再解釋一次時，你覺得不重要不
想再說一遍時，就可以說："Just a thou-
ght"，意思是「我只是隨口說說，沒關係
了」。表示「已經不重要了」或「這只是
我個人的想法」。

類似 Just an idea. 只是一個想法。

Never mind. 沒關係。

例句 A：What did you just say?

A：你剛剛說什麼？

B：Never mind. Just a thought.

B：沒關係，只是一個想法。

Keep in touch.
保持聯絡。

說明 字面意思是「保持接觸」，表示「保持連絡」之意，是在道別時所說的話，是希望雙方能「繼續保持聯絡」以維持感情，至於會不會真的 "keep in touch"，就看雙方的交情與誠意囉！

例句 (臨別時)

A：Don't forget to keep in touch.
A：別忘了要保持聯絡。

B：I will.
B：我會的。

Don't you think we should keep in touch?
你不覺得我們應該保持聯絡嗎？

You promise me to keep in touch.
你答應我要保持聯絡的。

常用指數 ★★★★

Keeping busy?

在忙嗎？

說明 又是一句看似文法不完整的句子，還是那句話，老美說話不喜歡用冗長的句子，明明兩個單字就可以表達的句子，他們可是不會捨棄不用而說 "Are you keeping busy?"

"keep" 是「持續」的意思，表示詢問對方：「你現在在忙嗎？」

例句 A：Keeping busy?

A：在忙嗎？

B：No, not at all. What's up?

B：不，一點都不會。有什麼事？

A：Can I talk to you now?

A：我現在可以和你談一談嗎？

B：Sure. Have a seat.

B：好啊！坐吧！

Ladies and gentlemen, ...
各位先生、各位女士，…

說明 通常是提醒與會者「注意聽」的意思。是正式場合，如婚禮、晚會、餐會、有人要開始說話前，發言者提醒大家注意接著要說的話或做的事時使用。

例句 Ladies and gentlemen, may I have your attention, please.
各位先生、各位女士，請注意！

Ladies and gentlemen, let's welcome Mr. Johnson.
各位先生、女士，讓我們歡迎強生先生。

Ladies and gentlemen, the show begins.
各位先生、女士，表演節目開始了。

常用指數 ★★★★★

laugh at someone
嘲笑某人

說明 當男孩子作一些讓人覺得 "stupid" 的事時，其理由通常是避免讓同伴嘲笑自己，這裡的「嘲笑我」就叫做 "laugh at me"，凡是取笑、戲謔、嘲笑的場合，都可以用 "laugh" 表示。

類似 tease sb. 嘲笑某人。

例句 You laughed at me, didn't you?
你在嘲笑我，不是嗎？

Stop laughing at me.
不要再笑我了！

例句 A：Why do you guys keep laughing at me?
A：你們為什麼老是嘲笑我？

B：Because you are so funny.
B：因為你很有趣。

Let me see.

讓我想想。

說明 "see" 雖然是「看見」的意思，但這一句
"Let me see" 是讓說話者有時間思考一下
該說的話或下的決定為何時使用，通常說
這句話時可以伴隨著思考或沉思的表情。

類似 Let's see. 讓我想一想。

Let me think. 讓我想一想。

例句 A：What do you think of it?

A：這件事你覺得如何？

B：Let me see. I think we should leave right
now.

B：我想想！我覺得我們應該馬上離開！

例句 A：Would you like to join us?

A：你要加入我們嗎？

B：Let me see my schedule.

B：讓我看看我的行程。

常用指數 ★★★★

Let's call it a day.

今天就到此為止吧。

說明   "Let's call it a day" 字面意思是「我們就
把它稱為一天吧」，適用於事情告一段落
時所使用的結束話語。

例如加班到深夜時，最希望老闆說的一句
話就是 "Let's call it a day"，意思就是
「今天就做到這裡，現在可以下班了！」

例句   A：Let's call it a day.

A：今天就到此為止吧！

B：Thank God. I am exhausted.

B：謝天謝地，我累死了！

Let's get it straight.
我們坦白說吧！

說明 表示「我們不要再拐彎抹角」了，有一點類似中文「開門見山」的意思。

"straight" 是表示「筆直」、「坦白」的意思。

類似 Let's get it clear.我們坦白說吧！

例句 A：Let's see. I think we should...

A：我想一想。我覺得我們應該...

B：Let's get it straight.

B：我們坦白說吧！

例句 A：I don't want to go to school.

A：我不想去上學。

B：Why not? Let's get it straight.

B：為什麼不想？我們來把事情弄清楚！

常用指數 ★★★★★

Let's go.
我們走吧！

說明 老美老喜歡一群人吆喝著一群人去做某
事，此時他們就常用 "Let's go"。

例如先生每次上班前，都會順路送兩個兒
子去學校上課，要出門開車前，他就會對
兩人大聲地喊 "Let's go, boys" (男孩子
們，我們走吧！)。

例句

A：Come on, let's go.
A：我們走吧！

B：But I don't want to go.
B：但是我不想去。

Come on, hurry up. Let's go.
快一點，走吧！

Let's go Dutch.
各付各的！

說明 老美對於錢這檔子事可是分得清清楚楚的，他們可不會像中國人老是客客氣氣地搶著付錢，他們認為各自分攤費用是天經地義的事，所以他們會毫不客氣地就說："Let's go Dutch"。

因此下次面臨大家要各自分攤費用時，你可要學學老美從容不迫的態度說 "Let's go Dutch"，千萬不要覺得不好意思向對方提出！

例句　A：Let's go Dutch.
　　　　A：我們各付各的吧！

　　　　B：Sure, how much should I pay?
　　　　B：好啊！我應該付多少？

常用指數 ★★★★★

Listen, ...
聽著，…

說明 "listen" 是老美使用相當頻繁的一句話，除了是要對方「仔細聽好…」、「聽我說…」的意思外，有時也含有「你聽，…」的含意。

例如每次恐怖電影常出現的一種情節，就是女主角聽見怪聲音就要男主角跟著聽時，她就會說："Listen, ..."，然後兩人就會張大眼睛仔細聆聽四周，至於接下來會發現什麼事？恐怕就只有進電影院看才知道囉！

類似 Look. 聽好！

例句
A：Something wrong?
A：有問題嗎？

B：Listen! Do you hear that?
B：聽！你有聽見嗎？

look at...

看…(某事)

說明 這裡的 "look at..." 和前面的 "look" 不同，而是「凝視」、「盯著看某物或某人」的意思，例如 "look at the picture" (看圖畫)。

例句
A：Look at you. What happened?
A：看看你！怎麼了？

B：I was punched by my older brother.
B：我被哥哥打。

例句
A：Look at you. What have you done to yourself?
A：看看你自己。你對自己做了什麼事？

B：Nothing. I just slipped and fell over.
B：沒事。我只是滑了一跤後跌倒了。

常用指數 ★★★★★

look forward to...
期待…

說明　指對於某事或某人相當期待其發生或到來，像是每次耶誕節前，兩個兒子就會嚷嚷著："We are looking forward to seeing grandfather"。其實他們不是因為真的想見到爺爺，而是因為爺爺會為他們準備盼望了一整年的耶誕禮物。

特別注意的是，這裡的to是介詞，後面要加名詞或動名詞，不可加原形動詞。

例句　I look forward to it.
我很期待這件事。

例句　I am looking forward to seeing you.
我很期待與你見面。

I am looking forward to this party.
我很期待這次的宴會。

sb. look...
某人看起來…

說明　當一個人的喜、怒、哀、樂、憔悴、生病
等情緒或生理狀況，可以輕易經由外表判
斷出來時，就可以用 "you look..." 來說
明，表示「你看起來的狀況是…」。
有時也可以加強說明為 "You look like..."
(你看起來很像…)

例句　You look great.
你看起來氣色不錯。

They don't look very happy.
他們看起來很不快樂。

You look terrible.
你看起來糟糕極了。

Helen looks like upset. Is she OK?
海倫看起來很沮喪，她還好吧？

They don't look very happy.
他們看起來很不快樂。

常用指數 ★★★★★

Look out!
小心！

說明 話說老王搭火車時為了欣賞窗外美景，一時不察將頭伸得太外面了，此時另外一列火車從對向駛來，有個老美好心提醒他 "Look out!"，老王心想：「往外看？」就將頭伸得更外面，下一秒悲劇就發生了。當你誤會老美的意思時，自然會牛頭不對馬嘴。下次記住，"Look out!" 可不是「往外看」，而是要你「小心」的意思。

類似 Watch out. 小心。

Be careful. 小心一點。

例句 A：Look out! It's pretty dangerous over here.

A：小心，這裡相當危險。

B：Thanks for your reminder.

B：多謝你的提醒！

常用指數 ★★★★★   📱 092

---

make sense
有道理

說明 人都會為自己找藉口並說服對方，為此，
當老美要針對某件事下結論或合理解釋
時，就會說："makes sense"。

"sense"是「意義」、「意思」、「道
理」的意思。至於是不是真的合理，就見
仁見智囉！而相反意思的說法「不合
理」，則為"It doesn't make sense"。

例句 That makes sense.
那是有道理的。

That makes perfect sense.
真是太有道理了！

常用指數 ★★★★★

make someone feel...
令人覺得…

說明 這是一句廣泛被使用的句子，表示因為某人或某事的緣故，而讓人的情緒受到影響。至於會產生喜怒哀樂哪一種情緒波動，則看你的EQ(Emotional Quotient情緒管理)的智慧囉！

通常在feel後面要加原形動詞或形容詞。

例句 What you just said makes me feel upset.
你所說的讓我覺得很難過。

It makes me feel much better.
這讓我覺得好多了。

Your concern makes her feel sad.
你的關心讓她覺得難過。

It makes me feel embarrassed.
這件事令我覺得尷尬。

Man!

我的天啊！

說明　「我的天啊！」除了 "Boy" 之外，還可以說："Man!"。

　　　"man" 的另一個意思就是呼叫人的意思，例如你在路上看見一個形跡詭異的陌生男子時，就可以說："Hey, man, what are you doing?"（老兄，你在幹嗎？）
不管是認識或不認識的人都可以這麼稱呼，使用時沒有太多意義，只是一個對人的稱呼，但是若在爭吵的場合時，有時會有挑釁的意味。

例句　A：Hey, man, is that problem?
A：嘿，老兄，有事嗎？

B：Nothing.
B：沒事！

常用指數 ★★★★★

May I help you?

需要幫忙嗎？

說明　這是非常客氣又有禮貌的一句話，常常會在商店、餐廳或購物時聽到，在美國逛商店時店員是不會像在台灣一樣跟前跟後地讓人感覺不舒服，通常只有在你提出問題時，他才會主動介紹，若真有人問："May I help you?" 時，你就可以說："I am just looking around"（我只是看一看），對方自然就會 "leave you alone"（留你獨自一人不打擾你）。

類似　Do you need any help? 你需要幫助嗎？
　　　What can I do for you? 我能為你做什麼？

例句　A：May I help you?
　　　A：需要我效勞嗎？

　　　B：Officer, I think that man is a thief.
　　　B：警官，我覺得那個男人是個小偷。

May I leave a message?
我可以留言嗎？

說明 這是一句打電話時的常用語，當你打電話
給客戶卻是他的秘書接的電話，而恰巧客
戶外出開會，你希望留言給客戶時，就可
以問接電話的秘書："May I leave a mess-
age?"，之後你就可以說："Please tell
him..."(請告訴他…)。

相關 May I take a message? 需要我幫你留言嗎？

例句 A：May I leave a message?
　　A：我可以留言嗎？

　　B：Sure, please let me get a pen.
　　B：好的！請先讓我拿支筆。

常用指數 ★★★★★

May I speak to...?
我可以和…說話嗎？

說明 電話中的用語，意思為「我想要和某人說話」。

類似
Is... there?... 在嗎？

Is... around?... 在嗎？

May I talk to..., please? 我可以和…說話嗎？

例句
A：May I speak to David, please?

A：請問大衛在嗎？

B：This is he.

B：我就是。

例句
A：May I speak to Mr. Johnson?

A：我能和強生先生說話嗎？

B：I am sorry but he is not in.

B：抱歉，他不在。

My pleasure.
我的榮幸。

說明 當你提供協助而對方向你道謝時，你可以
回答的客套話："my pleasure"(我的榮
幸)。

　　"pleasure"是表示「高興」、「愉快」的
意思。

類似 Anytime. 樂意之至。

例句 A：Thank you for your help.
　　A：謝謝你的幫忙。

　　B：My pleasure.
　　B：能幫助你是我的榮幸。

　　A：The pleasure is mine.
　　A：這才是我的榮幸。

常用指數 ★★★

Never better.

再好不過。

說明 有人問候你時，若是你過的不錯，甚至比以往都還好時，就可以說："Never better"，意思是「從來沒有這麼好過」。

相關
Fine. / Great. 很好。
OK. / All right. 還可以。
Pretty good. 蠻好的！
Not bad. 還不錯。
Just fine. 還好。
So-so. 還過得去。
Not so good. 不太好。
Terrible. 糟糕。

例句
A：How are you doing?
A：你好嗎？

B：Never better.
B：再好不過。

常用指數 ★★★★　　　　MP3 096

Never mind.
不要在意。

說明　每一次尖酸刻薄的同事老是喜歡拿另一位同事結婚多年卻仍沒有生孩子的事嘲笑 (tease) 她時，我就會安慰她 "Never mind"，是當作「不要(把這件事情)放在心上」解釋。

例句

A：I think Ruby is so mean.

A：我覺得露比很刻薄。

B：Never mind. I don't like her, either.

B：不要在意，我也不喜歡她。

If you can't find one, never mind.

如果你找不到，不用在意。

Never mind your father's foolishness.

不用在意你父親的愚昧！

常用指數 ★★★★★

Nice to meet you.

很高興認識你。

說明 當你和人剛認識時，就非常適合說："Nice to meet you"，等到雙方要道別時，也可以再說一次 "Nice to meet you" 以示誠意。

例句 （B 與 C 第一次見面）

A：This is my wife, Tina. Tina, this is Cathy.
A：這是我太太，蒂娜。蒂娜，這是凱西。

B：Nice to meet you, Tina.
B：很高興認識你，蒂娜。

C：Nice to meet you, too.
C：我也很高興認識你。

No comment.

無可奉告。

說明 例如政府官員發生緋聞事件有損國家的形象時，媒體就會對相關官員窮追不捨地追問，通常對方不想回答時，就一定會說 "No comment" ，意思就是「沒什麼好說的」、「無可奉告」。

"comment" 是表示「評論」、「意見」意思。

類似 That's more than I can say.我沒有什麼可以說的。

例句 A：Mr. Minister, how do you deal with it?
A：部長，你要如何處理這件事？

B：No comment.
B：無可奉告！

常用指數 ★★★★★

No kidding?

不是開玩笑的吧？

說明　當對方開了一個教人不敢相信的玩笑時，就可以說 "No kidding"，意思是說「不是真的吧？你在開玩笑嗎？」或是對方做了一件讓人驚訝的事時也可以這麼說。

例如有一位朋友還在念博士班，卻決定未婚生子並獨力一人扶養孩子時，所有的人聽到的第一個反應都是 "No kidding?"

類似　Are you kidding? 你在開玩笑嗎？

Are you joking? 你在開玩笑嗎？

例句　A：I got a phone call from Nicole Kidman last night.

A：我昨天晚上接到妮可基嫚的電話。

B：No kidding?

B：不是開玩笑的吧！

常用指數 ★★★★★　　　　MP3 098

No problem.
沒問題。

說明　當有人請你幫忙或感謝你已經提供的幫助，你就可以說："No problem"，表示「願意」或「不客氣」的意思。
或是你覺得情況受到控制時，也可以這麼說，例如最近有一個洗髮精廣告，大家對女星經過風沙吹襲的打結頭髮不知該如何處理時，女星就說："No problem"，表示「不必擔心」的意思。

例句　A：Can you do it for me?
A：你能幫我個忙嗎？

B：No problem.
B：沒問題。

例句　A：Thank you for your help.
A：謝謝你的幫忙！

B：No problem.
B：不客氣！

常用指數 ★★★★★

No way.
想都別想。

說明 字面意思是「沒有方法」，表示「拒絕」之意。

例如若是對方央求你的幫忙，而你不願幫忙時，你就可以老大不爽地說："No way"，意思是「你別想，我是不可能答應的」，是帶有極度不悅或直接的拒絕方式，以藉此讓對方打消念頭。

例句 A：Would you lend me one hundred
dollars?
A：你可以借我一百元嗎？

B：No way!
B：別想！

Not bad.

還不錯！

說明　字面意思就是「不差」，也表示「還不錯」的意思。

通常用於回答自己目前狀況良好，或對方的表現值得讚賞時的讚美方式，既簡單又好記。

例句
A：How are you doing these days?

A：近來好嗎？

B：Not bad.

B：還不錯。

例句
A：I finished my homework on time.

A：我功課準時做完了。

B：Not bad.

B：不錯喔！

常用指數 ★★★★

Not so good.

沒有那麼好。

說明 當對方問你「近來可好?」時,而你的狀況可能不是預期中的順利、甚至有一點不太好時,你就可以回答 "not so good"。在表現、健康、工作、功課、感情等狀況都差強人意時,都可使用。

相關 Not so good as usual.
不像平常那麼好!

例句 A:How is your business?
A:生意如何?

B:Not so good.
B:沒有那麼好!

Not so good as you thought.
沒有像你想像中的這麼好!

Nothing is happening.
沒事！

| 說明 | 字面意思就是「沒有事情發生」，例如小妹已經失蹤一個星期了，原來她是和男友去旅行，後來她卻又若無其事地出現，只說了句："Nothing is happening"，表示一點都沒事。這實在是一件"no big deal"的事，害得家人一直為她擔心。 |

例句	A：You look terrible. What's going on?
	A：你看起來很糟糕，發生了什麼事？

B：Nothing is happening.
B：沒事！

常用指數 ★★★★★

Of course, ...
當然，…

說明 對於某事視為理所當然時使用，通常會放在句首使用，例如我有一位同事就將 "Of course" 當成口頭禪，對他來說凡事竟然都是「理所當然」，連他的工作都當然地成為其他同事的工作了，真是欺人太甚。而這句話的否定說法就叫做："Of course not"。

例句
A：Should I pick you up?
A：我應該去接你嗎？

B：Of course you should.
B：你當然應該！

例句
A：So I have to do it by myself?
A：所以我應該自己去做這件事？

B：Of course.
B：當然！

on purpose
故意

說明 有時人會「蓄意」做某些事，此時的「蓄意」、「故意」等有意識計畫的行為就叫做 "on purpose"，"purpose" 是「意圖」的意思。

例句

A：Why did you do that?
A：你為什麼這麼做？

B：I am sorry, but I didn't do it on purpose.
B：對不起，但是我不是故意的。

I don't think she had to do anything on purpose.
我不認為她需要刻意去做任何事。

He ran into David's car on purpose.
他故意撞大衛的車。

常用指數 ★★★★★

Pardon?

請再說一遍。

說明　這句話完整的說法是 "I beg your par-
don"，表示「請再說一次」，例如當你聽
不清對方所說的話時，就可以這麼說，是
一種非常正式又客氣的語句。

類似　Come again? 你說什麼？

Excuse me? 對不起你說什麼？

Say again? 再說一遍？

What did you just say? 你剛剛說什麼？

例句　A：Turn right and you will see it.

A：右轉之後你就會看到。

B：Pardon? I didn't catch it properly.

B：請再說一遍。我沒聽清楚。

常用指數 ★★★　　　　MP3 102

pay for it
付出代價

說明 想要進入一流的大學就要用功、想要學好英文就要花心思，這些都是必須「付出代價」，英文就叫做 "pay for it"。

"pay" 是「付出」的意思。。

例句 A：Why should I have to study so hard?
A：為什麼我必須念書念得這麼辛苦？

B：If you want to graduate from the university, then you shall pay for it.
B：如果你想從大學畢業，你就要付出代價。

If you want it, pay for it.
如果你想要，就付出代價。

You'll pay for it.
你會為此事付出代價的。

常用指數 ★★★★

People say that...

據說…

說明　口語傳播是一個很可怕的力量，當你聽到一個小道消息時，一定急於和你的朋友分享這個祕密，通常老美就會說 "people say that..." (據說)，至於消息來源為誰？可就以 "people" 含糊帶過了。

類似　It is said... 據說…

As the story goes, ... 據說…

例句　A：People say that our new English teacher is handsome.

A：據說我們新的英文老師很帥。

B：Really? I can't wait to see him.

B：真的？我迫不急待想見他。

Please!

拜託！

說明　美語中使用 "please" 的機會相當大，一般
　　　而言是「請你~」、「請託」的意思，例如
　　　"Open the door for me, please"（請為我開
　　　門）。

　　　"please" 的另一種意思是「拜託」的意
　　　思，此外，疑問語氣 "please" 也帶有詢問
　　　意味，表示「可以嗎？」的意思。

例句　Can you do it for me? Please?

　　　你能為我做這件事嗎？拜託好嗎？

例句　（電話中）

　　　A：May I speak to Mr. White, please?

　　　A：請問我能和懷特先生說話嗎？

　　　B：Wait a moment, please.

　　　B：請等一下！

常用指數 ★★★★★

Promise?
保證？

說明　「信用」是一個人最大的資產，一個信用破產的人將永遠無法成功的，所以 "promise" 就顯得格外重要。問一個人是否能信守承諾時，就是問："Promise?"

類似　You promise?你保證？

例句　A：You are my one true love.
　　　A：你是我的唯一真愛。

　　　B：Promise?
　　　B：你保證？

例句　A：You promise?
　　　A：你保證？

　　　B：You have my words.
　　　B：我保證。

Same as always.

老樣子！

說明 當美國人問你 "How are you?" 時，可不要老是回答 "I am fine"，如果你想要強調「和以前一樣」、「沒什麼太大變化」時，建議你可以用 "Same as always"，當然這句話必須用在有一點交情的朋友之間，若用在初見面認識的人間，美國人可能會有一點茫然：你的老樣子是怎樣我又不瞭解？

類似
Same as usual. 老樣子！
Still the same. 老樣子！

例句
A：How are you doing, Jack?
A：傑克，近來好嗎？

B：You know, same as always.
B：你知道的，老樣子！

常用指數 ★★★★★

Say no more.
我明白了。

說明 指對方要表達的意思已經很清楚了，不要再繼續發表言論了，例如正在讀高中的小妹對於媽媽的叮嚀就常常回答 "say no more"，就是希望媽媽不要再嘮嘮叨叨了。

而 "say no more" 這句話，而這句話偶爾也有一點不耐煩、拒絕的意味，也希望對方能「閉嘴」的意思。

例句 A：I saw your girlfriend went to a movie with David.

A：我看見你女朋友和大衛去看電影。

B：Say no more.

B：不要說了。

Say something.
說說話吧！

說明 希望對方能針對此事發表簡短的言論，或發表個人意見，有時當場面有些尷尬，希望有人說些話時，只可以說 "say something"，或是要打破冷場時也可以這說。

相關 Do something. 有點作為吧！做點事吧！

例句
A：Say something. We can't just wait here and do nothing.
A：說說話吧，我們不能只是在這裡等而毫無行動。

B：I have nothing to say.
B：我無話可說。

常用指數 ★★★★★

Says who?

誰說的？

說明 當你聽到不實的消息時，你的第一個反應
為何？是不是會追問：「誰說的？」這句
話英文怎麼說呢？很簡單，就叫做 "says
who"。

例如先生聽到我向他抱怨鄰居們不喜歡他
老是在車道上堆放他的高爾夫球具時，他
就會很生氣的問我："says who"，似乎
要去和那個看不慣他的鄰居理論。

注意，可不是 "who says"，千萬不要錯
用。

例句 A：Did you hear about it? David is going to
quit.

A：你有聽到消息嗎？大衛要離職了。

B：Says who?

B：誰說的？

A：It's Cathy.

A：是凱西。

See?

看吧！

說明 這句話有兩種意思，一種是當對方不聽從你的苦心勸告而發生你所預期不好的結果時使用，有一點類似「不聽老人言吃虧在眼前」或「誰叫你不聽我的勸告」的調侃或看笑話的意味。

另一種是單純地要對方注意某一事，表示「你有看見嗎？」。

例句
A：Oh, my God. It hurts.

A：喔！我的天啊！好痛。

B：See? I warned you before.

B：看吧！我警告過你。

例句
A：See? She is my girlfriend.

A：看見了嗎？她是我女朋友。

B：Wow! She is gorgeous!

B：哇！她真美。

常用指數 ★★★★★

See you.
再見。

說明 除了 "good-bye" 之外，恐怕就屬 "see you" 這一句常常可以在美國的電影或影集裡聽見的一句話，非常簡單又廣泛地使用。只要你能懂得說出這句話，會讓人對你的印象深刻(impressed)。

類似 See you around. 再見。

See you later. 再見。

See you soon. 再見。

Catch you later. 再見。

例句 A：See you.

A：再見。

B：See you next time.

B：下次見！

常用指數 ★★★★★　　　MP3 107

See you next time.
下次見。

說明 美國人說再見有許多種方式，這句 "see you next time" 是單純「再見」的意思，並不一定表示兩人已約好下次見面的時間了，就像是中文說：「下次見」意思是一樣的。

所以下次聽見美國人說 "see you next time" 時，可別會錯意以為雙方未來還有約而追問對方："When?"（什麼時候），那可是會貽笑大方的。

例句 A：Wow, it's pretty late now.
A：哇！現在很晚了。

B：OK, that's it. See you next time.
B：是啊，就這樣。下次見囉！

常用指數 ★★★★★

Shame on you!
你真丟臉！

說明 常常可以聽見美國的媽媽對做了調皮事的孩子說這句話，也有一點「真不害臊」的恥笑及責怪的意味。完整的說法是："It's shame on you"。

例句 Shame on you, Jason. Be your age.

杰生，你太丟臉了。成熟些別像個孩子。

It's shame on you, Mark.

馬克，你太丟臉了。

例句 A：Shame on you. You never take kids to the park.

A：你真丟臉。你從不帶孩子們去公園玩。

B：I have been busy. You know that.

B：我一直很忙。你是知道的。

show up
沒有出現

說明 本來兩人本來約好見面的時間,但是時間
一分一秒過去了,對方卻遲遲沒有出現,
你就可以說: "He didn't show up" ,表示
「他一直遲遲未出現」,此時你大概可以
猜測他「放你鴿子」(stand you up)。

例句 A: How was your date with Max?
A: 你和邁斯的約會如何?

B: It's so weird that he didn't show up.
B: 真的很奇怪,他沒有露面。

Why didn't you show up last night?
你昨晚為什麼沒有出現?

常用指數 ★★★

Show us.

秀給我們看。

說明 這句話不一定是指對方一定要拿某種東西
出來給大家看的意思，有時也是指要求對
方用行動表現的意思。

例如有一位男性朋友老是吹牛自己是衝浪
板高手時(可是他明明是個旱鴨子)，我們就
會故意說：" Show us "，意思是「我不相
信，不然你表演給我們看」的意思。

例句 A：Mary said she will do whatever I told her.
A：瑪莉說她會照我說的去做。

B：She did? Show us.
B：她這麼說嗎？秀給我們看。

常用指數 ★★★★★　　　MP3 109

So?
所以呢？

說明　在對話中使用，詢問他人對此時正在討論的主題有何想法，或是不瞭解對方的意思而期待對方能繼續說下去時，就可以用疑問的口氣說："So?"，意思是「然後呢？」。

美國人說這句話時，通常會稍微提高音調或用誇張表情以加強語氣。

例句　A：I really dislike my boss.
A：我真的不喜歡我的老闆。

B：So?
B：所以呢？

A：So I decide to quit.
A：所以我決定辭職。

常用指數 ★★★★★

Slow down.

慢一點。

說明 "slow down" 這也是一句常用片語，表示「慢下來」的意思。

當你搭乘計程車時，駕駛似乎拚了老命般急速駕駛，還頻頻闖紅燈時，你就可以要求駕駛 "slow down"。

此外，大兒子每次都會匆匆忙忙地趕去參加同學邀約的籃球賽時，我也會告誡他："Slow down, son"。

例句 A：Excuse me. I am in a hurry.

A：抱歉，我要趕快一點。

B：Come on, slow down. What's the hurry?

B：得了，慢一點！急什麼？

A：I am going to be late.

A：我快要遲到了！

So far all I know, ...

目前就我所知，…

說明 表示自己雖然所知有限，但願意就所知的
部份全盤托出。說這句話時，美國人習慣
在句子後面慢慢地說明所要解釋的事，帶
有一點「事實的情況為…」的意味。"so
far"有強調「就目前的狀況來說」！

例句

So far all I know, I am wrong.
就我所知，我錯了。

So far all they know, Jack is not gay.
就他們所知，傑克不是同性戀。

So far as we know, Mr. Black would be late
for the class.
就我們目前所知，布來克先生會趕不及上
課。

常用指數 ★★★★★

So far so good.

目前為止還可以。

說明　回答別人問候的方式有許多種，"so far"
是「目前」的意思，"so good" 則為「如
此好」之意，所以 "so far so good" 就是指
「到目前為止還不錯」的意思。

這裡所謂的「不錯」是泛指身體、心靈、
情勢等情況皆適用。

例句　A：How is your business?

A：生意如何？

B：So far so good.

B：目前為止還不錯。

常用指數 ★★★★　　　　　MP3 111

So-so.
馬馬虎虎。

說明　對方向你問好時，你的狀況是中文的「馬馬虎虎、還過得去」的意思，可別像一般人開玩笑用中式英文說 "horse horse tiger tiger"，這可是會讓美國人笑掉大牙喔！只要簡單 "so-so" 就能完美地解釋「馬馬虎虎」或「還不錯」的意思。

例句　A：How was your school today?
　　　A：今天學校過得如何？

　　　B：So-so.
　　　B：馬馬虎虎啦！

常用指數 ★★★★★

So what?

那又怎麼樣？

說明 這句話具有挑釁的意思，表示「你能奈我
如何？」的意思，也是詢問「究竟該如何
解決」之意。

此外，若是對方提出一個帶有質疑你的問
題時，你也可以反問 "so what" ，表示你
不認同他的說法之意。

例句 A：I shouldn't leave her alone over there.
A：我不該留她一個人在那裡。

B：So what? It's not your fault.
B：那又怎樣？這不是你的錯。

常用指數 ★★★★★

Something is wrong with it.

這個有問題喔！

說明 當你對某事產生懷疑時，就可以說 "Something is wrong"。

若是發現有一些不明的問題一併存在時，就可以說 "Something is wrong with it"。

例如，當你回到家之後，發覺家裡的擺設和平常不一樣，似乎有人闖入家裡的現象時，你就可以說："Something is wrong here"，表示你已經察覺到某一些不尋常的現象。

"it" 也可以用其他相關的名詞表示。

類似 Something happened. 事情有蹊蹺。

例句

A：Honey, I am home.

A：親愛的，我回來了。

B：Something is wrong with you. What happened?

B：這個有問題喔！你怎麼啦？

A：Nothing is wrong with me.

A：我沒事啊！

Something wrong?

有問題嗎？

說明 當你發現同事今天似乎鬱鬱寡歡時，就可以問他："Something wrong?" 這是一句能表達善意的關心話，通常被問的人會覺得很窩心，會感覺自己被你重視，也是一句容易與人開始聊天的問句。

類似

What happened? 怎麼了？

What's wrong? 發生什麼事了？

Is that problem? 有問題嗎？

例句 A：Something wrong? You look upset.

A：有問題嗎？你看起來很沮喪。

B：Nothing. I just feel sick.

B：沒事，我只是覺得不舒服。

常用指數 ★★★★

Speaking.

我就是。

說明 "speaking" 是電話用語,當有人來電話找某人時,剛好是你本人接的電話時,你就可以回答 "Speaking",表示「你說吧!」

類似
This is sb. 我就是某人
This is he/she. 我就是此人。
You are speaking to him (her).你正在和他(她)說話。

例句 (電話中)

A:Is Cathy around?
A:請問凱西在嗎?

B:Speaking.
B:(我就是)你說吧!

Sucks!

真是爛！

說明　非常口語化的說法，也是美國人常常掛在嘴邊的用語，舉凡人事物等都可以用 "something + suck" 來表達很糟糕、不符合預期的意思。

有機會就使用會讓美國人覺得你的英文程度非常流暢，是在美國年輕人之間很普遍的用語，但是在正式場合中，可是切忌使用喔！

例句
This game sucks.
這場比賽真是爛!

The traffic in Taipei really sucks!
台北的交通真是爛!

例句
A：How do you think of this movie?
A：你覺得這部電影如何？

B：It sucks.
B：這部電影真是爛！

常用指數 ★★★★★

take a nap
打盹

說明 是指「小睡片刻」的意思，有一點類似中文的「瞇一下眼」、「休息一下」或「小睡片刻」的意思，特別是在工作一整天後，到了 "tea time" (下午茶) 時間時，特別想要 "take a nap"。

例句 I really want to take a nap when I am in class.
上課的時候我好想打個盹。

She has to take a nap now.
她現在必須要打個盹。

Why don't you take a nap? It's pretty late now.
你何不小睡片刻？現在很晚了！

常用指數 ★★★★★　　　　　MP3 115

Take care.
保重。

說明 特別適用在雙方即將離別時使用。美國人對於離情依依有一種難分難捨的道別方式，特別是情侶要長久分隔兩地時，常常可見男女戀人互相撫慰說著 "Take care"。"take care" 也適用在信件的結尾處。另一個解釋是「處理」的意思，舉凡家事、公事或私事都可適用。

類似 Take care of yourself. 你自己保重。

例句 Take care, my dear.
親愛的，多多保重。

Take care of yourself, Susan.
蘇姍，好好照顧自己。

Can you take care of this for me?
你能為我處理一下這件事嗎？

常用指數 ★★★★★

Take it easy.

放輕鬆點！

說明 "easy" 是「輕鬆的」，"take it easy" 表示「放輕鬆」，是要對方不要擔心或不必驚慌時的安慰語句，也有「沒什麼大不了，你用不著這麼緊張」的意思，例如在美國就常常可以看見岳父告訴在產房外緊張踱步的女婿："Take it easy"。

類似 Relax. 放輕鬆！

例句
A：What happened to Mark? It's pretty late now.

A：馬克發生了什麼事嗎？現在很晚了。

B：Take it easy. I am sure he will make it in time.

B：放輕鬆點，我相信他會及時趕到的。

Take it or leave it.

要就接受，不然就放棄。

說明　"take it or leave it" 的字面翻譯是「拿或放」，意思是催促對方快下決定時使用，帶有一點不耐煩的意味，或是「事情已經如此，你接不接受都無所謂」的意味，是具有威脅或不耐煩的語氣。常適用在某人猶豫不決時，你可以表達的建議方式。

例句　A：Come on. It's too expensive.

A：得了吧！這太貴了。

B：Take it or leave it. It's your decision.

B：要就接受，否則就放棄。由你來決定。

常用指數 ★★★★★

Take your time.

慢慢來不要急。

說明 台語有一句俗諺:「呷吃快容易弄破碗」,英文中雖然沒有相同的句子,卻有類似意思的用語: "Take your time" ,是指凡事慢慢來,不要心急」。

"take your time" 也代表「你多的是時間處理目前這件事」的意思,安慰及穩定人心的效果相當高。

例句

A:Out of my way. I am going to be late.

A:滾開,我快遲到了。

B:Take your time.

B:慢慢來,不要急!

Take your time. It's not urgent.

慢慢來,事情沒有那麼緊急。

Thank God.

謝謝上帝。

說明 當人有一種如釋重負的情緒或事情獲得解
決時的情境發生時，就可以說 "Thank
God"，就像是中文的「謝謝老天爺」的
意思。
老美很喜歡在事情獲得解決時這麼說，而
且說的時候還要鬆一口氣、撫著胸口同時
向上望著，感覺在和上帝說話般，感激上
帝的伸手協助。

例句 Thank God! You found her.
感謝老天爺，你找到她了。

常用指數 ★★★★★

Thank sb. for...
因…感謝某人

說明 中國人「飲水思源」的觀念老美也有，當
你因為某人的協助而受惠時，就可以說：
"Thank A for B"(感謝A做了B這件事)。
注意，在 "for" 後面要加名詞或動名詞，
不可以加原形動詞。

例句 Thank you for coming.
感謝你的光臨。

Thank you for being with me.
感謝你陪我。

Thank you for your help.
感謝你的協助。

Thank you for lending me money.
感謝你願意借錢給我。

Thank you for your time.

謝謝你的撥冗。

說明 當對方特別安排時間與你會面或提供協助時，在臨別時，你就可以這麼告訴對方 "Thank you for your time"，是一句非常得體又感恩的句子。

例如在面試一個新工作之後，也可以告訴面試官 "Thank you for your time"，縱使知道你是客套話，對方也會非常高興的。

例句 A：Thank you for your time.

A：謝謝你的撥冗。

B：No problem.

B：不客氣。

例句 A：Thank you for your time.

A：感謝撥冗。

B：Don't mention it. You are my brother.

B：不客氣。你是我的兄弟啊！

常用指數 ★★★★★

That's all right.

沒關係。

說明　不論是有人向你表達道歉或是道謝的意思
時，你都可以說："That's all right" 表示
「不客氣」。

例如每次我因為書還沒看完，所以延遲歸
還書給社區圖書館時，圖書的義工們都會
好心地說："That's all right"。

此外，當對方請求你某事時，若你的答案
是「同意」時，也可以說 "That's all
right"。

類似　It's all right. 沒關係。
It's OK. 沒關係。

例句　A：Thanks for coming.
A：謝謝你的來訪。

B：That's all right.
B：不客氣。

That's news to me.
沒聽過這回事。

說明　適合在對目前所遭遇或所聽到的情況「完全沒有經驗或沒聽過」時使用。

例如前不久美國年輕人時興將舌頭割成兩片像是蜥蜴舌頭般，乍聽到這種傳聞時，還真是 "That's news to me"，也可以翻譯成「還真是新鮮事，我第一次聽到這個說法」。至於是否為真實事件呢？就不是這句話要傳達的重點了。

注意，"news" 要用複數形態表示，是「新聞」的意思。

例句　A：People say that smoking would make you smarter.

A：傳言抽煙會讓人較聰明。

B：That's news to me.

B：沒聽過這回事。

常用指數 ★★★★★

That's what you say.

那只是你說的。

說明　　"That's what you say" 字面意思為「那是你說的」，即意指「那只是你的論點」，也暗喻「那是你個人的意見，會有其他人有不同看法」，亦指對對方的意見存有懷疑的態度。這在辯論或表達不同立場、意見時非常好用。

例如，小妹老是說，學校同學人人都有手機，就她沒有，會被同學嘲笑的，母親就會反駁 "That's what you say"。

例句　A：I think Mr. Lee does not agree with you on this point.

A：我覺得李先生不會同意你的這一點。

B：That's what you say.

B：那只是你個人的看法。

Try again.
再試一次。

說明 "try again" 字面就是「再試一次」，是勸
對方不要放棄、再試一次的句子，通常是
在對方做了某事卻不成功或不完美時，你
就可以這麼建議他。

例如小兒子每次和哥哥玩投籃時，球老是
投不進籃框時，哥哥就會拍拍他的肩膀鼓
勵他 "Try again"。

例句
A：I couldn't do it well.
A：我做不好這件事。

B：Try again.
B：再試一次吧！

A：But I'm afraid I will fail again.
A：可是我擔心我會再一次失敗。

常用指數 ★★★★★

turn sb. down
拒絕某人

說明 告知對方必須拒絕對方提出的要求的委婉
說法，例如女孩子對於老是想追求自己的
男孩子的邀約總是拒絕時，就可以用 "she
always turns him down" 來說明。

例句

A：Would you like to dance with me?
A：你願意和我跳一支舞嗎？

B：I am sorry, but I have to turn you down.
B：很抱歉，我必須拒絕你。

A：Don't turn me down, please?
A：不要拒絕我，拜託？

B：But you are not my type.
B：可是你不是我喜歡的類型。

It's up in the air.
尚未決定！

說明 老美有時說的話真會讓人丈二金剛摸不著後腦，例如 "up in the air" 就會讓人以為是什麼東西在空中，其實這句話的意思很簡單，就是表示「事情懸而未決」，意為「尚未確定」的意思，就像東西漂浮在空中會飛向哪一邊還不知道。

例句
This plan is still up in the air.
這個計畫仍舊懸而未決。

If it's up in the air, then I don't want to talk about it.
假使這件事尚未確定，我就不想討論這件事。

常用指數 ★★★★★

Up to you.
由你決定。

說明 當必須為某事下決定時，你基於尊重對方，由他來做此決定時使用。有時候說 "up to you" 也代表「你決定，我無所謂(或我不計較)」的意思，當你是後者(我不計較)的意思時，就可以聳聳肩來加強你一點都無所謂的意思。有時，因為語氣的不同，"up to you" 也有無奈的情緒成份。

類似 It's your decision. 這是你的決定。

例句
A：Why don't we go shopping? Or seeing a movie? Or...
A：為什麼我們不去逛街？或是看電影？或是...

B：It's up to you. You are the boss.
B：你決定！你是老闆。

常用指數 ★★★★★　　　MP3 122

Use your head.
用用腦吧！

說明　"use your head" 字面意思是「使用你的頭」，是指對方做了一件可笑的錯事時，你告誡對方「用頭腦好好想一想」，意思是「請你好好反省，不要再做這件事了」，也表示「你都沒有用腦袋（思考），所以你做出這些事」。

相關　He has a brain. 他很聰明。

例句　A：I have no idea what is going on here.
　　　A：我不知道這裡發生了什麼事。

　　　B：Use your head, idiot.
　　　B：用用你的腦袋吧，笨蛋！

常用指數 ★★★★★

Wake up.

別作夢了。

說明 "Wake up" 除了是字面上「喚醒」某人的
意思外，也是要對方不要做白日夢的意
思。

例如有一個好友老是幻想著能和偶像歌手
阿姆合唱，我們就會故意潑他冷水 "Wake
up"「醒一醒，別做夢了」。

例句 Wake up, Chris. It's pretty late now.

克里斯，醒一醒，現在很晚了。

Come on, wake up. She is not your type.

了吧，別作夢了！她不是你喜歡的類型。

Wake up, it's your illusion.

醒一醒吧！這都是你的幻想。

We will see.

再說吧！

說明 千萬不要將 "We will see" 翻譯成「我們將會看見」，而是「再說吧」的意思，是表示「我對這件事目前還不想做決定，再看看後續的發展狀況再來決定。」

例如每次小兒子要求跟大兒子一起去參加夏令營(summer camp)時，我都會先告訴他："We will see"，以免他存有幻想以為我會答應，萬一將來是不答應時，他也因為沒有期待而比較不會難過。

例句 A：Mom, can I go to Jack's home and stay the night?

A：媽，我可以去傑克家過夜嗎？

B：We will see.

B：再說吧！

常用指數 ★★★★★

Welcome.
歡迎！

說明 例如頒獎典禮時，主持人一定會說 "Welcome to this show"（歡迎來參加這個節目），或是主人開門迎接訪客時，也可以向對方說 "Welcome!"

當你身為主人說這句話時，還可以學老美：伸出雙臂，給對方一個熱情的擁抱 (give him a hug)。

例句 Welcome aboard.
歡迎加入。／歡迎登機。

Welcome back.
歡迎回來。

Welcome home.
歡迎回家。

What are friends for?

朋友是做什麼的？

說明　「朋友」是人一生中不可缺少的精神支柱
之一，當朋友有難而你伸出援手時，對方
一定會很感動而對你感激不盡，此時你就
可以豪爽的說："What are friends for?" 意
思是「朋友是幹什麼的？不就是為了互相
幫助嗎？」

例句

A：I don't know how to thank you.

A：我真不知道該如何感謝你。

B：Oh, come on. What are friends for?

B：喔！拜託，朋友是做什麼的？

A：Thank you anyway.

A：還是很感謝你！

常用指數 ★★★★★

What can I say?

我能說什麼？

說明 有一點無奈的意味，意指「我不知道該說什麼」或「我無法針對這件事發表個人意見」。

例如小妹在高中時，就曾發表將來打算一輩子單身的言論時，媽媽就曾經無奈的說 "What can I say?"

類似 I don't know what to say. 我不知道該說什麼！

例句 A：I think Tom should apologize to him.

A：我覺得湯姆應該向他道歉。

B：Well, what can I say? He is your son.

B：這個嘛，我能說什麼？他是你的兒子。

What did you just say?
你剛剛說什麼？

說明 一種訝異的語氣，表示對於對方剛剛所說
的話，自己有一點不敢相信、聽不懂或不
認同的意思。

例如每次大兒子學了一些不雅的流行用語
時，老公就會問 "What did you just say?"
大兒子就會知道自己的言論又惹爸爸生氣
了。

例句
A：You scared the shit out of me.
A：你嚇得我失禁。

B：What did you just say？
B：你剛剛說什麼？

A：I said you scared me.
A：你說你嚇壞我了。

常用指數 ★★★★★

What do you say?

你覺得如何呢？

說明　"What do you say?" 是美國人常常使用的問句，字面意思是問對方「你說什麼」外。

此外，也代表詢問對方的意見：「你的建議呢？」或「你說呢？」通常是在對方質疑你的行為或言詞時，你就可以這麼反問他。

例句　I think Annie is a nice girl. What do you say?
我覺得安妮是一個不錯的女孩。你覺得呢？

What do you say another cup of tea?
你還要再來一杯茶嗎？

What do you say to take a walk?
去散步怎麼樣？

What do you think?

你覺得如何？

說明　是詢問對方關於某事的意見，或是詢問喜好的程度。

例如你試穿了一件衣服，就可以問人 "What do you think of it?" 意思是「你覺得我穿這件衣服的效果如何」，是老美詢問意見時最常用的一句話。

類似　What do you think of it? 你覺得呢？

例句　A：What do you think?
　　　A：你覺得如何？

B：Well, I don't think that's your style.
B：這個嘛，我覺得這不是你的風格。

常用指數 ★★★★★

Whatever!

隨便！

說明 "Whatever!" 的用法是屬於非正式場合中使用的，意思是「隨便你」、「我無所謂」。

例如每次問小表妹想吃什麼早餐時，正值叛逆期的她總是說："Whatever!" 表示她沒特別嗜好，隨便煮隨便吃(有時甚至是不吃)，她一點也不在意，所以 "whatever" 也代表 "I don't care" (我不在意)的意思。

例句 A：I have no idea how to work it out.

A：我實在不知道該如何解決這件事。

B：Whatever! You don't care, right?

B：隨便吧！你不關心，對吧？

What happened?
發生什麼事？

說明　當你發現事情不對勁或不知道在此之前發生了什麼事時，就可以說："What happened?"

例如當我一回家就看見先生和兩個兒子在房間裡大玩枕頭大戰時，通常我會不動聲色地說："What happened?" 然後再一起加入先生的一方成為四人對打大賽。

類似　What's going on? 發生什麼事了？

例句　A：You look upset. What happened?
　　　A：你看起來很憂愁。發生什麼事？

　　　B：Nothing. Thank you for asking.
　　　B：沒事。謝謝你的關心。

常用指數 ★★★★★

What I say is...

我的意思是…

說明 當自己所說的話被他人誤解時，你可以重複一次說話的內容，在重複敘述前，再加上 "What I say is..." 的輔助用語，以加強你解釋和強調的目的。

類似 What I mean is... 我的意思是…

What I am saying is... 我是說…

例句 A：You have two choices to work it out.

A：你有兩個選擇可以解決事情。

B：I don't get it.

B：我不懂。

A：What I say is "Take it or leave it."

A：我的意思是「接受，不然就放棄」。

What's in your mind?

你在想什麼呢?

說明 當你看見朋友若有所思的時候,就可以這麼問: "What is in your mind?" 這是表達善意的方法。

但是可不要對剛認識的朋友這麼問喔,因為美國人是很注重隱私(privacy),至於對方是否願意和你分享他的心事就 "It depends on your relationship" (看你們的交情了)。

例句 A:Hey, buddy, what's in your mind?
A:嘿,老兄,你心裡在想什麼?

B:I was wondering why she called me.
B:我在想她為什麼打電話給我。

You look upset. What's in your mind?
你看起來心情不好,你心裡在想什麼?

常用指數 ★★★★

What's new?

近來如何？

說明 表達關心的方法有許多種，這一種關心對
方「近來可好？」的詢問句，也可解釋為
「有什麼新鮮事」，在美國是相當普遍的
用法。

類似 Anything new? 近來如何？

What's up? 近來如何？

How do you do? 你好嗎？

How are you doing? 近來好嗎？

例句 A：What's new?

A：近來如何？

B：Nothing much.

B：沒什麼。

What's the hurry?

急什麼？

說明 這裡的意思不一定侷限在「趕路」的意思，若是你發現有人匆匆忙忙的在作某事或趕往某地時，也可以這麼問他："What's the hurry?"

例如大兒子和小兒每次都在週末時，興沖沖地去他們的森林小屋過夜時，我都會裝傻地問 "What's the hurry?"

類似 What's the rush! 急什麼！

Where are you off to? 你要去哪裡？

例句 A：Hey, kids, what's the hurry?

A：嗨，孩子們，你們在趕什麼？

B：We have to catch the school bus.

B：我們要去趕校車。

常用指數 ★★★★★

What's the problem?

有什麼問題嗎？

說明

這是一種老美經常使用的問句，例如當警察發現一群人聚在一起時，依其專業的敏感度，一定會覺得事有蹊蹺，通常他們就會問："What's the problem?"

類似

What's wrong? 有問題嗎？

What's the matter? 有問題嗎？

What's the matter with you? 你有什麼問題嗎？

例句

A：You look terrible. What's the problem, Ruby?

A：露比，有什麼問題嗎？妳看起來糟透了。

B：I don't feel well.

B：我覺得不舒服。

What's up?

什麼事？

說 明 想說道地的美語，這一句 "What's up?" 不可不知，可以泛指「怎麼了？」、「有什麼事？」、「近來可好？」的意思，是老美年輕人經常使用的句子，有時也不一定是詢問，而是隨口打招呼的意思。

例 句

A：Hey, Dannel, got a minute?

A：嘿，丹尼爾，有空嗎？

B：Sure. What's up?

B：當然。有事嗎？

A：Can I talk to you for a moment?

A：我能和你說說話嗎？

B：Sure. What's up?

B：當然可以。有什麼事嗎？

常用指數 ★★★★

What shall I do?

我該怎麼辦？

說明 當你徬徨無助、面對人生的抉擇卻還是無法作決定時，就可以說 "What shall I do?" 例如當女孩子面對兩位同時追求的人卻不知道該接受哪一份感情，或是想要拒絕男生的追求，卻不知該如何開口時，都可以這麼問。

例句 I don't know if I got the job or not. What shall I do?

我不知道我能不能得到這份工作。我該怎麼辦？

It really bothers me. What shall I do?

這件事真的很困擾我。我應該怎麼辦？

Where are you off to?

你要去哪裡？

說明 簡單又好用的一句話，通常是彼此很熟的朋友之間使用的問句，屬於非正式場合的用語。

類似 Where are you going? 你要去哪裡？

例句 （一群人準備出門時）

A：Where are you guys off to?

A：你們一群人要去哪裡？

B：We are going to see a movie.

B：我們要去看電影。

C：Would you like to join us?

C：你要參加嗎？

A：Yes, I would love to.

A：好啊！我很樂意去。

常用指數 ★★★★★

Where was I?

我說到哪？

說明 "Where was I" 可不是字面意思的「我在哪？」，而是當話說到一半被某件事打斷後，卻忘記先前的重點，或偏離主題後要回到原來談論的主題時，就可以這麼問對方 "Where was I"，表示希望對方提醒自己剛剛說到哪。

像是老奶奶和孫子們講一些陳年往事的故事時，就常常問： "Where was I?"

例句 Where was I? Oh, it's about the self-esteem...
我說到哪了？喔，是關於自尊...

常用指數 ★★★★★   **MP3** 132

Who cares!
誰在乎啊！

說明 這句話不是問「是誰在乎？」，重點是表示「沒有人在乎」的意思。通常說這句話是會給人一種不受尊重的感覺，使用時要小心。

例如人際關係不好的同事每次唱高調地說要去聽演唱會時，大家就會私下耳語 "Who cares"。

類似   Nobody cares! 沒人在乎。

例句   A：I think Jessica is such a mean girl.
A：我覺得潔西卡是一個非常惡毒的女孩。

B：So what? Who cares!
B：那又怎樣？誰在乎！

295

常用指數 ★★★★★

Who is it?

是誰啊？

說明　"Who is it?" 也是相當簡單的一句話，可以聽見美國人經常使用，是指有人在外敲門時詢問對方是誰的問句。

也可以說 "Who is there?" 但是可千萬別說成 "Who are you?" 因為真正的美國人可是不會這麼說喔！

例句　(有人敲門)

A：Who is it?

A：誰啊？

B：It's Sophia

B：是蘇菲亞

A： I am coming.

A：我來 (開門) 了。

Why?

為什麼？

說明 只要簡單的一句話，就表達了「為什麼」、「發生什麼事」的說法，是美國人常常掛在嘴邊的一句話。

類似 How come? 為什麼？

例句
A：I really dislike Susan.
A：我真的不喜歡蘇姍。

B：Why? I thought she was your best friend.
B：為什麼？我以為她是你的好朋友。

A：She is. So she shouldn't have an affair with my husband.
A：她是啊！所以她不應該和我先生有感情曖昧。

常用指數 ★★★★

Why don't you try...?

你為什麼不要試試…？

說明 提供建議的方式有多種，在提供了許多建議卻仍不被採納後，就可以說 "Why don't you try...?"

這是一種反問式的建議，有一點「乾脆試一試~」的意思。

不但是建議對方的詢問，只要將 "you" 改成 "we" ，就成了 "Why don't we try...?" ，表示為什麼我們不試一試。

例句 Why don't you try to ask them for help?
你要不要試試打電話給他們尋求幫助呢？

Why don't we try the French restaurant?
為什麼我們不試一試法國餐廳呢？

Wonderful!

太棒了！

說明 一種讚嘆的用語，表示某事或某人的表現令人感到高興、激賞或興奮。完整的句子是："It's wonderful"。

類似 Great. 很好。

Good. 很好。

例句 A：I have to stop smoking.

A：我必需戒煙。

B：Wonderful! That's good for you.

B：太好了。那對你很好。

例句 A：It's a wonderful weather, isn't it?

A：這是一個很棒的天氣，不是嗎？

B：A rainy day? I don't think so.

B：下雨天？我不這麼認為。

常用指數 ★★★★★

Would you like to...?

你想要…嗎？

說明 這是美國人常用的詢問語句，意思是詢問
對方是否想要作某事的客氣問法。

例句 A：Would you like to have dinner with me?

A：你要和我共進晚餐嗎？

B：I'd love to, but I have other plans.

B：我很想，可是我有其他計畫了。

例句 A：Would you like a cup of tea?

A：你想要來杯茶嗎？

B：Yes, please.

B：好啊！謝謝。

Without a doubt, ...

毫無疑問，…

說明 "doubt" 是 懷 疑 的 意 思， "without a doubt" 照字面解釋就是「沒有懷疑」，表示自己對某件事的見解或推論是信心十足，並帶有一點準備下結論的意味。

例如每次老闆都會對自己的見解下結論時，一定會說的開場白便是 "without a doubt, ..."。

例句 A：They are planning to travel around the world.

A：他們兩人計畫一起去環遊世界。

B：Without a doubt, they fall in love.

B：毫無疑問的，他們兩人陷入熱戀中了。

常用指數 ★★★★

You are so mean.
你真是太壞了!

說明 例如對別人的笑話不以為然,或認為對方的作法讓人不齒、不認同的回答。也可以適用在男生向女生調情時說些具有挑逗性的話時,女孩子就可以用開玩笑、嬌羞的口氣說 "You are so mean"。

例句
A:We lied to him that his son was kidnapped.
A:我們騙他,他的兒子被綁架了。

B:I can't believe it. You guys are so mean.
B:我真是不敢相信,你們這些人真是太壞了!

A:Come on, it's just a joke.
A:得了吧!只是個玩笑。

You are telling me.

還用得著你說。

說明 一種告訴對方「我早就已經知道此事了，不必你多此一舉告訴我」的回答，算是一種不禮貌的說法，使用時要注意場合以免得罪人。

例如，每次先生都會調侃我煮菜燒焦時，我就會又氣又恨地說： "You are telling me" 。

例句 A：You are fired.
A：你被炒魷魚了。

B：You are telling me.
B：不必你多說，我已經知道了。

常用指數 ★★★★

You are missing my point.
你沒弄懂我的意思。

說明 "miss" 是「遺失」的意思，在這句話是指當對方誤解你的意思時，你就可以這麼說以為自己的立場澄清。

類似 You don't get it. 你沒弄懂。

例句
A：So we can climb over the fence?
A：所以我們可以爬過籬笆？

B：You are missing my point. It's you, not we.
B：你沒弄懂我的意思，是「你」不是「我們」！

常用指數 ★★★★★　　　**MP3** 137

You are right.
你是對的。

說明　當你認同對方的觀念或言論時，就可以
　　　說："You are right"。
　　　例如我和外子還是男女朋友時，我說的每
　　　句話他都說："You are right"，想不到結
　　　婚後這句話卻換成是我的口頭禪了。

類似　You are absolutely right. 你絕對是正確的。
　　　You are definitely right. 你說得完全正確。
　　　You are God damn right. 你真他媽對了。

例句　A：I think Susan is hot.
　　　A：我覺得蘇姍是個辣妹。

　　　B：You are right.
　　　B：你說對了。

常用指數 ★★★★

You are the boss.

你是老闆你最大。

說明 這裡不但是指身份上真的老闆，另一層含意是「你最大，你說的算數」的意思，這句話帶有一點「無奈」、「莫可奈何」的意味。

例如主管說今天一定要完成這份企畫書時，又希望你能幫他完成另一份評估報告，雖然他的要求不合理，你也只能接受，誰叫他是你的主管呢？你就只能告訴他 "You are the boss"。

例句 A：You have to finish it on time.

A：你要如期完成這件事。

B：Whatever you said. You are the boss.

B：就照你說的，誰叫你是老闆！

You are welcome.

不必客氣。

| 說明 | 對方感謝你所提供的協助時，你可以回應的一種客套話。 |

類似	Don't mention it. 沒關係。
	No problem. 沒問題。
	That's all right. 不客氣。

| 例句 | A：Thank you so much. You have been very helpful. |
| | A：謝謝你，你真的幫了大忙。 |

| | B：You are welcome. |
| | B：不必客氣。 |

常用指數 ★★★★★

You can say that again.
你說對了。

說明 照字面上的翻譯是「你可以再說一次」，意思也就是「你說對了」或「我完全同意你的看法」。通常在說這句話時，可以搭配著較誇張的表情或語調。

例句 A：Chris is dead meat.

A：克里斯他死定了。

B：You can say that again.

B：你說對了。

例句 A：Don't you think something is wrong between them?

A：你不覺得他們之間有問題嗎？

B：You can say that again. Something unusual.

B：你說對了。是有一些不尋常。

You can't be serious.

你不是當真的吧？

說明 雖然 "You can't be serious" 是一句肯定句，卻含有質疑的詢問意味。試圖勸告對方不要做某事的意思，也帶有一點「別做傻事」的意味。例如小表妹決定要打舌環時，姨媽就非常生氣地說： "You can't be serious" ，是含有質疑的意味。

類似 Are you serious? 你是認真的嗎？

例句
A：I decided to quit.
A：我決定辭職了。

B：You can't be serious.
B：你不是當真的吧？

常用指數 ★★★★★

You have my word.
我向你保證。

說明 電影裡常常會有黑社會老大對男主角說
「我對你保證」，這句話英文就是「你有
我的話」(You have my word)以表示負責。
"You have my word" 這可是一句承諾，說
了這句話可是一定要負責到底，千萬不要
食言而肥！

類似 | I give you my word for it. 我向你保證。
Take my word for it. 我向你保證。

例句 | A：How can I trust you? You promise?
Λ：我如何能相信你？你保證？

B：You have my word.
B：我向你保證。

You must be kidding.

你是在開玩笑吧！

說明 表示不相信對方說的話，也認為這只是一個惡作劇或玩笑話，在美國可以常常聽見年輕人開完玩笑後說 "You must be kidding"。

例如，小表妹就常常語出驚人地告訴親友，她打算將自己整容成某個明星時，大家一定都會問："You must be kidding"。

類似 Are you kidding me? 你在開我玩笑嗎？

No kidding? 不是開玩笑的吧！

例句 A：I got married yesterday.

A：我昨天結婚了。

B：You must be kidding.

B：你一定是在開玩笑！

常用指數 ★★★★★

You tell me.
你告訴我。

說明
雖然字面是「你告訴我」,但是更貼切的意思是「我不知道,如果你知道,請你告訴我應該怎麼做」。

例如,每次主管要找同事的麻煩,請他完成一些不可能的任務時,同事就會反問他:"You tell me",就表示「我知道該如何做,我想聽聽你的意見」的反諷立場。

例句
A:How can you solve this problem by yourself?

A:你怎麼能自己解決這個問題呢?

B:You tell me.

B:我不知道,你告訴我。

常用指數 ★★★★★　　　　MP3 141

You scared me!

你嚇到我了。

說明 意指被某人的行為或言詞所驚嚇到的回答。

例如我就經常和小兒子玩捉迷藏的遊戲，我會故意看不到他躲在門後或桌子下，等到他跳出來嚇我時，我就會用誇張又驚訝的表情說："You scared me"。

可因為語氣的不同表現出責難或逗趣的意思。

例句 A：Hey pal, what are you doing here?

A：嘿，兄弟！你在這裡幹嘛？

B：My God! You scared me!

B：我的天啊！你嚇到我了。

常用指數 ★★★★★

You will be sorry.
你會後悔的。

說明　"You will be sorry" 是指警告或威脅對方，他將會為其所作所為感到後悔，帶有「阻止」的意味。

例如小表妹經常在發表驚人的人生未來規劃時，姨媽總是會再一次警告她："You will be sorry for it"，表示「你會為這件事感到後悔的」。

例句　A：Cathy still wants to go out with James.

A：凱西還是希望和詹姆斯出去。

B：She will be sorry for that.

B：她會為那件事後悔的。

You won't forget it.
你會忘不了！

說明　表示某事會讓人印象深刻，就算想忘也忘不了，也會有「警告」及「威脅」的意思！

"You won't forget it" 也含有「令人印象深刻」的意思。

例如電影中常出現的情節：男主角對第一次獻上初吻的女主角說："You won't forget it"。

例句　A：Why do you still care about it?

A：為什麼你還是在意那件事？

B：If you were in my shoes, you won't forget it.

B：如果你是我，你就會忘不了。

永續圖書
線上購物網

www.foreverbooks.com.tw

◆ 加入會員即享活動及會員折扣。

◆ 每月均有優惠活動，期期不同。

◆ 新加入會員三天內訂購書籍不限本數金額，
   即贈送精選書籍一本。（依網站標示為主）

專業圖書發行、書局經銷、圖書出版

永續圖書總代理：
五觀藝術出版社、培育文化、棋茵出版社、犬拓文化、讀
品文化、雅典文化、知音人文化、手藝家出版社、璞申文
化、智學堂文化、語言鳥文化

活動期內，永續圖書將保留變更或終止該活動之權利及最終決定權。

你肯定會用到的500句話

雅致風靡　典藏文化

親愛的顧客您好，感謝您購買這本書。即日起，填寫讀者回函卡寄回至本公司，我們每月將抽出一百名回函讀者，寄出精美禮物並享有生日當月購書優惠！想知道更多更即時的消息，歡迎加入"永續圖書粉絲團"您也可以選擇傳真、掃描或用本公司準備的免郵回函寄回，謝謝。

傳真電話：（02）8647-3660　　　　電子信箱：yungjiuh@ms45.hinet.net

姓名：		性別：　　□男　　□女
出生日期：　　年　　月　　日		電話：
學歷：		職業：
E-mail：		
地址：□□□		
從何處購買此書：		購買金額：　　　　元
購買本書動機：□封面 □書名 □排版 □內容 □作者 □偶然衝動		
你對本書的意見： 內容：□滿意□尚可□待改進　　編輯：□滿意□尚可□待改進 封面：□滿意□尚可□待改進　　定價：□滿意□尚可□待改進		
其他建議：		

總經銷：永續圖書有限公司

永續圖書線上購物網
www.foreverbooks.com.tw

您可以使用以下方式將回函寄回。

您的回覆，是我們進步的最大動力，謝謝。

① 使用本公司準備的免郵回函寄回。

② 傳真電話：（02）8647-3660

③ 掃描圖檔寄到電子信箱：

　　yungjiuh@ms45.hinet.net

沿此線對折後寄回，謝謝。

2 2 1 - 0 3

雅典文化事業有限公司　收

新北市汐止區大同路三段194號9樓之1

雅致風靡　典藏文化